Diogenes Taschenbuch 21944

W0040031

Henry Slesar
Rache ist süß

*Geschichten
Aus dem
Amerikanischen von
Ingrid Altrichter*

Diogenes

Veröffentlicht als Diogenes Taschenbuch, 1991
Alle Rechte vorbehalten
Copyright © 1991
Diogenes Verlag AG Zürich
60/91/36/2
ISBN 3 257 21944 X

Inhalt

Ein Schrei vom Penthaus

Typisch Coombs. Er mußte sich natürlich eine Nacht wie diese aussuchen, um reinen Tisch zu machen. Chet Brander zog den Schal enger um den Hals, und trotz der Handschuhe, die er anhatte, vergrub er die Hände in den Manteltaschen, doch es half alles nichts, die Kälte kroch in ihn hinein. Die Temperatur war unter Null gesunken, die Straßen der Innenstadt sahen aus, als wären sie mit Eis glasiert, und aus den Auspuffrohren der Taxis, die um die Ecke knatterten, quollen Dampfschwaden. Der Wind war messerscharf; Chet schauderte bei jeder Bö und war beinahe versucht, die ganze Sache zu vergessen. Das konnte er sich aber nicht leisten. Heute abend war Zahltag, und er wartete sehnlichst darauf, das Geld wieder in die Finger zu bekommen, das so lange in Frank Coombs' Taschen gesteckt hatte.

Da hatte er Glück. Ein Taxi hielt neben ihm, und eine rotwangige alte Dame stieg aus, die er beinahe umrannte, weil er sich mit solcher Eile auf den Rücksitz schwang. Er nannte dem Fahrer die Adresse von Coombs' Apartmenthaus am Fluß und stapfte zehn Minuten später in die Nacht hinaus, die inzwischen noch unerträglicher geworden war. Auf dem ganzen Weg zum Eingang kämpfte er gegen den eisigen Wind an, der vom Fluß herüberwehte, und er war dankbar, als sich die Glastüren hinter ihm schlossen.

Das Apartmenthaus hatte etwas Unheimliches an sich, eine unnatürliche Ruhe, die von zu vielen Teppichen und zu wenigen Bewohnern herrührte. Das erst seit zwei Monaten bezugsfertige Hochhaus war mit Pauken und Trompeten eingeweiht und in flotten Zeitungsanzeigen angepriesen worden. Der große Ansturm der Mieter war jedoch ausgeblieben, so daß die Apartments zu hundert Dollar pro Raum noch weitgehend leerstanden. Frank Coombs hatte es dennoch imponiert. Er hatte als einer der ersten einen Mietvertrag unterschrieben, noch dazu gleich für das Penthaus auf dem Dach. In dem Fahrstuhl ohne Personal verzog Chet Brander mißbilligend den Mund, als er an acht unbewohnten Stockwerken vorbeischwebte, um das luxuriöse Apartment zu erreichen, in das Coombs sich mit dem geborgten Geld eingekauft hatte.

An der Tür des Penthauses klingelte er Sturm und murrte dabei: »Bonze!«

Wärme strömte ihm aus dem Eingang entgegen, als Coombs ihm aufmachte. Wohlige Dampfheizungs- und Kaminfeuerwärme, Whiskeywärme, die Wärme der Herzlichkeit. Typisch Coombs: der geborene Gastgeber, stets bereit, einem lächelnd auf den Rücken zu klopfen und einen willkommen zu heißen, und das so ganz auf die sanfte Tour, daß man die Hand kaum merkte, mit der er einem nach der Brieftasche griff und ihren Inhalt zählte. »Chester!« gluckste Coombs. »Verdammt nett von dir, daß du an 'nem so lausig kalten Abend herkommst. Los, rein mit dir, Mann!«

Brander trat ein, zog den Mantel aus und folgte Coombs in das großzügige Wohnzimmer. Es war ein imposant ausgestatteter Raum: dicke Teppiche und schwere Polstermöbel, Satinvorhänge und gemaserte Holzvertäfelung. Coombs war selbst auch eine imposante Erscheinung: wachsblond, glattes Haar, seidige Wangen, samtene

Hausjacke, klotzige Bruyère. Er gestikulierte mit der Pfeife und fragte:

»Na, was sagst du, Chet? Ist das nicht 'ne Bleibe, hinter der sich meine alte Bruchbude verstecken muß? Wie ich von dem Haus gehört hab, bin ich sofort drauf angesprungen...«

»Es reißt sich aber keiner ein Bein aus, um hier einzuziehen«, brummte Brander. »Die Hälfte der Apartments steht leer.«

»Nur die in den oberen Stockwerken; weißt du, das sind die, die wirklich 'ne ganze Stange kosten.« Er nahm Mantel, Hut und Schal seines Besuchers an sich. »Ich häng das mal auf. Willst du vielleicht auch deine Jacke loswerden? Ich hab's ziemlich warm hier drinnen.« Dabei griff er bereits nach Branders Jacke, doch der schüttelte die Hand ab.

»Die behalte ich an«, sagte er, während er sich umsah. »Ja, wirklich ein schönes Plätzchen, Frank. Bist du sicher, daß du dir das leisten kannst?«

Coombs lachte. »Mach dir um den alten Frankie keine Sorgen! Als ich dir erzählte, ich verstünde mich darauf, Kapital anzulegen, da wußte ich genau, wovon ich redete. Es soll dir nicht mehr lang leid tun, daß du mir den Zaster geliehen hast, Chet, verlaß dich drauf!«

»Dann hat das Geschäft also geklappt?«

Coombs hustete. »Trinken wir was, Kumpel! Ich bin dir um ein paar Gläschen voraus.«

»Der Drink läuft uns nicht davon. Schau mal, Frank, ich bin doch nur deshalb bei diesem verfluchten Wetter heut abend hergekommen. Du hast mir das Geld hoch und heilig versprochen, und jetzt muß ich einfach wissen, woran ich bin. Zahlst du es mir zurück oder willst du mich bloß vertrösten?«

Coombs begann sich einen Highball zu mixen, ließ aber dann das Soda weg. Er kippte den Whiskey in drei großen Schlucken hinunter und sagte: »Ich zahl's dir zurück, Chet, wie versprochen. Bevor du gehst, gebe ich dir einen Scheck über jeden Nickel, den du mir geborgt hast. Mehr noch.«

»Was denn noch?«

Coombs lachte wieder und machte leicht schwankend einen Schritt nach vorn. »Wart's ab, Chet, wart's ab! Aber komm, sei nicht so hinterm Geld her! Vergiß nicht, wir waren mal dicke Freunde. Ich möchte, daß du dir die Wohnung anschaust...«

»Die hab ich schon gesehen.«

»Das Beste noch nicht.« In einer ausladenden Geste zeigte er auf die breiten Fenster mit den schweren Vorhängen. »Ich hab da draußen fast hundert Quadratmeter Terrasse, ganz für mich allein. Die tollste Aussicht auf die Stadt, die du je gehabt hast...« Er trat auf die Tür zu, riß beide Flügel auf und ließ einen fürwitzigen Schwall kalter Luft herein.

»He!« protestierte Chet Brander.

»Komm, du wirst schon nicht gleich erfrieren. Wirf doch wenigstens mal einen Blick drauf! So was hast du dein Lebtag noch nicht gesehen...«

Brander stand auf. Durch die offenen Türen blinkten und leuchteten die Lichter von Manhattan. Ein Anblick, dem er nur schwer widerstehen konnte; Großstadtlichter, irdischen Sternen gleich, hatten ihn von jeher angezogen und fasziniert. Da schob Coombs, als wollte er ihn weiterlocken, gutgelaunt die Vorhänge zurück, damit mehr zu sehen war.

»Na, wie findest du das? Spürt man richtig hier drinnen,

nicht wahr?« Dabei tippte er auf das Monogramm seiner Samtjacke.

»Wofür sind die ganzen Gitter?« fragte Brander.

»Die Fenstergitter?« Coombs kicherte. »Du kennst mich, Chet. Ich war schon immer mißtrauisch. Dauernd steigen Einbrecher in Penthäuser ein, drum hab ich den Bauherrn die Fenster vergittern lassen. Sogar die Tür ist aus Stahl. Ich geh' kein Risiko ein. Aber komm doch her, Mann!«

Brander bewegte sich vorwärts, auf die Terrasse hinaus, er vergaß die Kälte und hörte den Wind nicht mehr. Manhattan lag, nur in Umrissen erkennbar, als goldenes Lichtermeer vor ihm. Er hielt den Atem an.

»Na, was sagst du, Chet?« Coombs lachte leise in sich hinein. »Ist das 'n Leben, Chet? Ist das nicht das Wahre?«

»Ja, doch«, sagte Brander und schnappte nach Luft.

»Genieß den Augenschmaus, Junge! Ich richt' uns inzwischen was zu trinken. Schau es dir in Ruhe an, Chet«, sagte Coombs, während er wieder hineinging.

Chet Brander machte große Augen und ihm war sonderbar zumute, er war fahrig und aufgekratzt. Er schaute und schaute, wie in einem Traum, bis er merkte, daß er ohne Mantel und Hut in der grimmigsten Kälte stand, die seit sieben Jahren über die Stadt hereingebrochen war. Fröstelnd kehrte er zum Eingang des warmen Apartments zurück, gerade rechtzeitig, um Coombs' grinsendes Gesicht zu erblicken und noch zu sehen, wie er ruhig und ohne jede Hast die Terrassentüren schloß.

»He«, sagte Brander, während er am Türknauf rüttelte. »Mach auf, Frank!«

Coombs' Gesicht verschwamm hinter dem kleinen rautenförmigen Glaseinsatz in der Metalltür, hörte auf zu grinsen und verwandelte sich in eine aalglatte Maske. Er hob sein Glas, deutete eine respektvolle Verbeugung an und trank einen großen Schluck. Dann trollte er sich.

»He!« rief Chet Brander und rüttelte noch heftiger an der Tür, doch sie bewegte sich kein bißchen in den Angeln. »Laß mich rein, Frank! Es ist gottverdammt kalt hier draußen!« Er konnte Coombs nicht mehr sehen, wußte aber, daß er da irgendwo sein mußte und sich über seinen albernen Streich freute. Brander schlug mit der Faust auf die kleine Glasscheibe und spürte, wie widerstandsfähig sie war, dann entdeckte er die winzigen achteckigen Maschen des Drahtgeflechts, das sie bruchsicher machte. Er drosch auf die Tür ein und erinnerte sich daran, daß sie aus Stahl war. »Frank! Laß den Quatsch, gottverdammt noch mal, Frank! Laß mich rein, hörst du?«

Da gingen im Penthaus die Lichter aus.

Erst in diesem Moment begriff Chet Brander, daß Coombs mehr im Sinn hatte als einen spontanen Streich. Er würde die stabile Tür, die in die Wärme zurückführte, weder in der nächsten Minute noch in der nächsten Stunde wieder aufmachen. Vielleicht nicht einmal...

»*Frank!*« brüllte Brander und stellte fest, daß er seine eigene Stimme kaum wahrnahm, als der Wind heranfegte und gierig jeden Ton verschluckte. »*Laß mich rein!*« schrie Brander unhörbar und hämmerte und trommelte und trat gegen die Tür.

Schwer zu sagen, wie lange er da stand und es nicht wahrhaben wollte, daß er nicht mehr hineinkonnte. Schließlich ging er auf die Fenster zu; er brauchte nur einmal hinzufassen, um sich daran zu erinnern, daß sie zum Schutz gegen Eindringlinge vergittert worden waren, gegen Fremde wie Freunde gleichermaßen. Er war auf elegante Weise aus Coombs' warmem Penthaus ausgesperrt worden. Er war allein draußen in der Kälte.

Die Kälte! Brander hatte sich so fieberhaft bemüht, ins Haus zu gelangen, daß er sich der Temperatur nicht einmal bewußt gewesen war. Aber nun spürte er sie – eine Kälte, die ihm durch Mark und Bein ging, als hätte er keinen einzigen Faden am Leib. Die Kälte und ein teuflischer Wind, der wie ein eisiges Leichentuch um ihn herumwirbelte. Eine Kälte, die so entsetzlich und so unentrinnbar war, daß Chet Brander schon Gedanken an den Tod und das Grab kamen.

Es war kein Streich. Das wußte er nun. Es war auch kein Zufall gewesen, daß Coombs sich für diesen Abend mit ihm verabredet hatte. Er hatte die Kälte abgewartet, Kälte, eisigen Wind, eine dunkle Nacht und die Gelegenheit, seinen Gläubiger allein und schlotternd draußen vor der Stahltür seines Penthausapartments zu lassen, damit der Tod ihn für immer von seinen Schulden befreite.

Aber wie wollte Coombs das erklären? Was würde er sagen, wenn sie Chet Brander als Leiche fanden, ausgesetzt und erfroren – mitten in der Stadt?...

Brander dachte nicht länger darüber nach, sondern ging an die Mauer, die sich um die Terrasse zog, und schaute hinunter. Der Abstand zwischen ihm und der Straße war erschreckend.

»Hilfe!« schrie Chet Brander. »*Helft mir!*«

Der Wind verschlang seine Worte. Er schrie noch einmal, aber die unbewohnten Stockwerke unter ihm blieben dunkel, und niemand hörte ihn.

»Die hören mich nie«, sagte er laut, während ihm allmählich ein Schluchzen in die Kehle stieg. »Die werden nie und nimmer merken, daß ich hier bin...«

Er lief auf der Terrasse ums Penthaus herum, drehte Runde um Runde und suchte in dieser Festung, zu der Coombs sein Apartment ausgebaut hatte, nach einer Schwachstelle. Es gab keine. Schon fühlten sich seine Füße taub an; er spürte seine Schritte kaum noch. Er preßte die Hände aneinander, dann schlug er sie über dem Kopf zusammen, um den Blutkreislauf in Gang zu halten.

»Ich muß in Bewegung bleiben«, murmelte er. »In Bewegung bleiben...«

Er begann zu laufen. Er rannte drauflos, taumelte über die Terrasse, bis er außer Atem war und keuchend auf den eiskalten Steinboden sank.

»Ich brauche Hilfe«, sagte er sich.

Fieberhaft fing er an, seine Taschen zu durchsuchen. Seine Hände stießen zuerst auf die Brieftasche, doch die Finger spürten die Berührung mit dem Leder kaum. Er betrachtete sie eine Weile wie benommen, dann trug er sie an die Mauer.

»Ich muß einen Zettel schreiben«, sagte er. Doch noch während er es hoffnungsvoll aussprach, wußte er bereits, daß dies kein Ausweg war. Er hatte weder einen Füller noch einen Bleistift bei sich, nichts, was ihm geholfen hätte, die gleichgültige Welt da unten wissen zu lassen, daß er zwanzig Stockwerke über der Straße unweigerlich zu erfrieren drohte.

Nach einem weiteren Blick auf die Brieftasche schleuderte er sie über die Mauer. Sofort verlor er sie aus den Augen und mit ihr jede Hoffnung auf Rettung.

In der Innentasche seiner Jacke fand er Zigaretten und Streichhölzer. Er warf die Zigaretten weg und versuchte dann, in seinen gewölbten Händen ein Streichholz anzuzünden, weil er sich selbst nach dem winzigsten Fünkchen

Wärme sehnte. Der launische Wind gönnte ihm diesen Luxus nicht; wütend schmiß er auch die Streichhölzer über die Mauer.

In seiner rechten Jackentasche fand er einen Schlüssel. Eine Weile lang sah er ihn verdutzt an, denn er kannte ihn nicht. Es war nicht *sein* Schlüssel; er hatte ihn noch nie gesehen. Beinahe hätte er ihn ebenfalls weggeworfen, doch dann hielt er inne, als er begriff, was er da in der Hand hatte. Es war ein Schlüssel zu Coombs' Apartment. Coombs mußte ihn ihm in die Tasche geschoben haben. Aber warum?

Plötzlich war es ihm klar. Hätte Coombs ihm keinen Schlüssel gegeben, dann könnte er Chet Branders mysteriösen Tod nicht erklären. Wenn man aber den Schlüssel bei seiner Leiche fand, würde jeder glauben, er habe ihn benutzt, um in Coombs' Apartment hineinzukommen, und sich dann durch seine eigene Dummheit oder durch ein Mißgeschick selbst ausgesperrt...

Wie schlau! Brander wollte lachen, aber sein Gesicht war wie versteinert. So schlau auch wieder nicht, dachte er und schickte sich an, den Schlüssel in die Nacht hinauszuschleudern. Doch dann besann er sich und hielt ihn fest, denn wenn er ihm hier auf der Terrasse auch nichts nützte, so wußte er doch, daß es der Schlüssel zur Wärme war, von der ihn nur wenige, quälende Zoll schieden. Er konnte sich nicht von ihm trennen...

Darauf steckte er den Schlüssel in die Hosentasche und ging zum Penthaus zurück. Er hämmerte an die Tür, bis ihm die Haut an den Händen aufsprang und blutete. Dann sackte er zusammen und begann zu schluchzen.

Als er wieder auf die Beine kam, war er im Delirium. Einen Moment lang meinte er, das Wetter sei umgeschlagen und die Kälte sei plötzlich wohliger Wärme gewichen. Aber das lag nur am Delirium und an einer kurzen Windstille. Es war fast ein Segen, als der schneidende Wind von neuem einsetzte: Er machte ihm seine Lage bewußt und weckte in ihm wieder den Wunsch, sich selbst zu helfen.

Er beugte sich über die hüfthohe Mauer und schrie in die Nacht hinaus.

»Ich bin hier«, stöhnte er. »Oh, mein Gott! Weißt du denn nicht, daß ich *hier* bin?«

Dann fiel ihm das Dach ein.

Das Penthaus hatte doch ein Dach. Falls es ihm gelang hinaufzukommen, fand er vielleicht eine Tür, die zu den anderen Stockwerken des Gebäudes hinunterführte!

Er zog ein Taschentuch aus der Hosentasche und wikkelte es um seine schmerzende, blutende rechte Hand. Dann tastete er sich vorsichtig an der Wand entlang.

Ein Kabel streifte sein Gesicht.

Zunächst berührte er es nur ganz leicht. Dann packte er es mit klammen Händen und zog heftig. Das Kabel hielt stand; es war eine dicke, kräftige, gut isolierte Leitung. Wenn er daran hinaufklettern konnte...

Er spannte jeden Muskel seines Körpers und hielt sich fest. Dann sprang er hoch und stemmte die Füße gegen die Wand des Penthauses.

Einen Augenblick lang verharrte er wie festgefroren in dieser Haltung, er konnte sich nicht rühren und war nahe daran, aufzugeben und lieber zu sterben, als seinem schmerzenden, steifen Körper noch eine einzige Bewegung abzuringen.

Dann dachte er an Coombs' honigsüßes Lächeln, und der Haß verlieh ihm Kraft. Langsam kletterte er Zoll um

Zoll höher, das glatte Kabel schnitt ihm wie eine Rasierklinge in die Handflächen.

Es war eine unsägliche Qual. Er schob sich noch einen Zoll weiter hinauf, dann wandte er sich um und blickte in die Dunkelheit. Er sah die Lichter der Stadt, die ihm nun wie weit entfernte Höllenfeuer vorkamen.

Noch ein Zoll. Und noch einer.

Er wollte aufgeben, sich fallen lassen, und er sehnte sich nach der Ruhe des Todes, doch er machte weiter.

Da sah er die Dachkante.

Mit letzter Kraft kletterte er keuchend an dem Kabel nach oben, seine Knie schabten an der Hauswand, und das rauhe Mauerwerk scheuerte ihm Hose und Haut durch. Dann schwang er sich über den Rand in Sicherheit.

Er befand sich nur an die zehn Fuß über der Terrasse, aber Wind und Kälte kamen ihm hier oben noch furchtbarer vor. Am Rand des Daches ragten um ihn herum gespenstische Gebilde auf. Fernsehantennen. Verwundert betrachtete er sie, als wären sie neugierige Zuschauer.

Dann taumelte er durch die Dunkelheit, bis er die Tür im Dach fand. Seine Hand lag schon am Knauf, und er stieß einen Schrei der Erleichterung aus. Da ging der Schrei in ein Stöhnen über.

Die Tür war verschlossen.

Er schrie und schlug in rasender Wut auf die Tür ein, aber nicht lange. Er griff in die Hosentasche und tastete nach dem Schlüssel zum Penthaus. »Du hast gewonnen, Frank«, versuchte er laut zu sagen, doch seine Lippen konnten die Worte nicht mehr formen.

Als er wieder an den Rand des Daches zurückkehrte, spürte er seine Arme und Beine nicht mehr. Völlig entkräftet lehnte er sich an eine hohe Antenne.

»Es heißt, man soll nicht einschlafen«, dachte er, während ihm ein trockenes Lachen in der Kehle steckenblieb.

Langsam ließ er sich zu Boden gleiten und hielt sich dabei an einem herunterhängenden Kabel fest.

Das Kabel!

Das flache, breite, helle Kabel lag in seiner klammen Hand, und da erinnerte er sich daran, was dieses Kabel bewirken konnte.

Er zerrte daran. Er zerrte fester. Er zerrte krampfhaft, verzweifelt, wie von Sinnen. Er fand noch mehr breite, flache Kabel, die an den Dachantennen hingen, und zog an ihnen. Da gab eins nach, doch damit war er noch nicht zufrieden. Er ging von einem zum anderen und zog und zerrte an ihnen, bis er sicher war, daß irgendwo da unten jemand die Folgen dessen, was er tat, bemerkt haben mußte, daß er die Drähte abgerissen hatte, die zu den strahlenden, leuchtenden Geräten führten, vor denen die ahnungslosen Bewohner des piekfeinen Apartmenthauses am Fluß im Warmen saßen ...

Seine Lippen bewegten sich nicht mehr, als er zu lachen begann, während er sich seinem zerstörerischen Werk widmete. Und dann, als er vor Erschöpfung nicht mehr weitermachen konnte, sank er auf Hände und Knie nieder und versuchte, sich daran zu erinnern, wie man betet.

Minuten später flammte auf dem Dach ein Licht auf.

»He, schaut euch mal den an!« hörte er.

»Muß irgendein Verrückter sein ...«

»Ich hab mich gefragt, warum mein Bild so komisch flimmert, aber ich hab geglaubt, das kommt nur vom Wind ...«

»Ich hab überhaupt kein Bild mehr reingekriegt ... Und das mitten in der Show ...«

Hände berührten ihn. Warme Hände.

»He, der Kerl ist aber übel dran...«

»Würde mich nicht wundern, wenn der hier draußen erfroren wär...«

»Bringen wir ihn lieber rein...«

»Danke«, versuchte Chet Brander zu sagen, aber er brachte es nicht über die Lippen. Als er spürte, wie ihm jenseits der Tür die erste Wärme entgegenschlug, leistete er sich den Luxus, in Ohnmacht zu fallen.

Er lag auf einem Sofa. Im Mund hatte er einen bitteren, teigigen Geschmack, und in seinem Magen rumorte es wie in einem lodernden Hochofen. Seine Hände und Füße brannten, und er begann sich zu winden, um dem Flammengezüngel zu entrinnen.

Er schlug die Augen auf und sah das breite, fleischige Gesicht eines besorgten, älteren Mannes.

»Alles in Ordnung, mein Junge? Was zum Teufel haben Sie bloß da draußen gemacht?«

Er konnte nicht antworten.

»Schon gut, versuchen Sie nicht zu sprechen! Ich bin Mr. Collyer, vom Apartment 12 D. Ich hab Sie oben auf dem Dach gefunden. Die andern wollten, daß ich die Polizei rufe, aber ich hab gesagt, wozu denn, der muß sich nur aufwärmen. Deshalb hab ich Sie hierher gebracht, in meine Wohnung.«

Brander schaute sich um und betrachtete die noch neue Einrichtung des unbekannten Apartments. Mühsam setzte er sich auf und erkannte den Alkoholgeschmack in seinem Mund.

»Ich hab mir gedacht, 'n kleiner Brandy kann nichts schaden«, sagte der Mann, während er ihn beobachtete.

»Sie haben sich wohl ausgesperrt, was? Wohnen Sie hier im Haus?«

»Nein«, sagte Brander mit einer Stimme, die ihm fremd war. »Ich... Ich hab mir bloß die oberen Apartments angeschaut. Ob ich vielleicht eins mieten soll. Da fiel mir ein, daß ich was von einer Sonnenterrasse auf dem Dach gehört hatte, und bin rauf, um sie mir anzusehen...«

»Eine famose Nacht zum Sightseeing«, knurrte der Mann.

»Ich wollt's mir doch bloß anschaun. Aber da schlug auch schon die Tür hinter mir zu.«

»Na ja, ist ja ganz schön windig da oben. Wir haben alle geglaubt, der Wind hätte unsere Antennen abgeknickt, bis wir Sie fanden.« Er kicherte. »Im Haus sind 'ne Menge Leute ziemlich sauer auf Sie, mein Junge. Vor allem weil sie frühestens morgen am späten Vormittag 'nen Monteur kriegen.«

»Tut mir leid.«

»Machen Sie sich nichts draus; Sie ham sich wenigstens zu helfen gewußt. He, wo wollen Sie denn hin?«

Brander war wieder auf den Beinen, zog den Knoten seiner Krawatte zu und bewegte sich mit unsicheren Schritten auf die Tür zu.

»So können Sie nicht raus, Mister...«

»Das geht schon, ich nehme ein Taxi. Ich muß jetzt weg.«

»Warten Sie, ich borg Ihnen was! Einen Mantel oder was...«

»Nein, das geht schon so«, sagte Brander und drehte den Türknauf herum.

»Sie sollten vielleicht einen Arzt aufsuchen...«

»Mach' ich, mach' ich«, versicherte Brander und trat in den stillen, mit zu dicken Teppichen belegten Flur hinaus.

Er drückte auf den Knopf, mit dem er den automatischen Fahrstuhl in den zwölften Stock holte, und griff dann in die Hosentasche. Er war noch da und fühlte sich eiskalt an: der Schlüssel zu Coombs' Penthaus.

Als der Fahrstuhl hielt, stieg er ein und preßte den Finger entschlossen auf »P«.

Ohne das Licht einzuschalten, schlich er hinein. Er ging zum Garderobenschrank und fand seinen Mantel, den Hut und den Schal.

Er zog alles an, aber ihm wurde nicht wärmer.

Dann trat er an die Flügeltür, die auf die Terrasse hinausführte, klinkte sie auf und öffnete sie einen zwei Zoll breiten Spalt.

Danach kehrte er zu Coombs' Sofa zurück, setzte sich und wartete in der Dunkelheit.

Um halb zwei hörte er den Schlüssel im Schloß. Gemächlich stand er auf, steuerte die Tür zu Coombs' Schlafzimmer an und versteckte sich dahinter.

Die Eingangstür ging auf. Murrend stapfte Coombs herein. Er wankte durch den finsteren Raum und ließ den Überzieher auf den Teppich gleiten, bevor seine Hand den Lichtschalter fand. Dann, immer noch brummelnd, schaute er mit verschwommenem Blick in Richtung Terrasse und kicherte betrunken in sich hinein. Er ging zum Barschrank, goß sich aus einer Flasche etwas ein, nahm aber kein Eis. Er kippte den Drink hinunter, wobei er immer noch zur Terrasse hinüberschaute.

Chet sah ihm zu, wie er das Glas senkte, und hörte ihn heiser sagen:

»Was zum Teufel...?«

Coombs ging zur Tür. Als er sie aufgeklinkt vorfand, zog er beide Flügel weit auf und trat auf die Terrasse hinaus.

»*Brander!*« hörte Chet ihn im Chor mit dem Wind rufen.

Doch Brander war nicht draußen. Brander spurtete gerade über den Teppich im Wohnzimmer des Penthauses, er spurtete, weil er die Terrassentüren erreichen wollte, bevor Coombs zurückkam. Er gewann den Wettlauf mühelos und schlug die stählernen Türflügel zu, sogar noch ehe Coombs dicht genug vor ihm stand und sein triumphierendes Gesicht sehen konnte. Aber er wartete hinter dem rautenförmigen Drahtglas, wartete, bis Coombs nahe genug herangekommen war, um seine Lage zu erkennen.

»*Brander!*« hörte er Coombs' gedämpfte, dünne Stimme schreien. »Um Himmels willen, Brander, laß mich rein!«

Chet lächelte und ging weg. »Versuch erst gar nicht, die Fernsehantennen zu ramponieren«, sagte er, obwohl er wußte, daß Coombs ihn nicht hören konnte. »Heut nacht schaut keiner mehr in die Glotze...«

»Chet! Chet, um Gottes willen! *Chet*!«

Draußen im Treppenhaus konnte er nicht einmal mehr den leisesten Ton von Coombs' flehendem Bitten hören. Er fuhr mit dem Fahrstuhl ins Erdgeschoß hinunter und nickte dem Portier freundlich zu, der mit gerunzelter Stirn zum Himmel hinaufsah.

»Mieses Wetter heut nacht«, sagte Chet in unbefangenem Plauderton.

»Und 's wird noch schlimmer«, antwortete der Mann an der Tür, während er seine breite, flache Hand hinausstreckte. »Sehn Sie mal, was da runterkommt.«

»Was denn?« fragte Chet mit einem Blick zum Himmel.
»Schnee«, sagte der Mann.
Chet verbesserte ihn: »Eisregen.«

Ich mag Sie nicht, Doktor Feldman

Dr. Horaz Feldman traf im vollen Vertrauen darauf, daß jeder ihn mögen würde, auf Ponchawee Manor ein. Der Boy, der sich seines Gepäcks annahm, mochte ihn und bewunderte den Feldmanschen Mercedes. Die Dame an der Rezeption strahlte, kaum daß der Feldmansche Schmerbauch gegen ihre Theke stieß. Der Geschäftsführer, Mr. Glassmacher, schüttelte die Feldmansche Hand, aber behutsam, ganz behutsam, aus Rücksicht auf seine Chirurgenfinger. Ein erfreulicher Empfang, aber keine Überraschung für Doktor Feldman, an Bewunderung, Zuneigung und Ehrerbietung gewöhnt.

An dem ihm zugewiesenen Tisch im Speisesaal saßen zwei Ehepaare und eine Witwe, eine Mrs. Shear, für die sechzig noch kein Alter war, solange ein unverheirateter Arzt in den Fünfzigern mit einem vor Gesundheit strotzenden, runden Gesicht und mit keckem Schnurrbart neben ihr sein Brot brach. »Sie sind also Chirurg, Doktor Feldman?« fragte sie und stieß Stanley, den Pikkolo, in die Rippen. »Stanley, sagen Sie dem Koch, er braucht das Roastbeef nicht zu tranchieren, wir haben einen Experten hier.« Doktor Feldman kicherte und löffelte seine Suppe. Noch vorm Kaffee ließ er durchblicken, daß er ein Spezialist sei, der in Fällen, die sonst unweigerlich zum Tode führten, eine in ihrer Art einmalige Operation ausführte.

»Zum Glück«, sagte er, »ist diese Operation nicht bei vielen Menschen erforderlich; aber wenn, dann kommen sie zu mir.«

Mrs. Shear klatschte in die Hände und jubelte: »Ein Monopol!« Doch Geld, so erklärte der Monopolist, spiele keine Rolle; die Hälfte seiner Patienten operiere er aus reiner Nächstenliebe. Nachdem er das beteuert hatte, mochte jeder den Doktor Feldman noch mehr. Er war nicht nur ein Chirurg mit goldenen Fingern, der Leben spendete, sondern auch ein Mensch mit einem Herzen aus Gold. Und ein hervorragender Gin-Rommé-Spieler. Später am Abend knöpfte er Mrs. Shear, ihrer Freundin Mrs. Elkins und zwei Männern, die beide Harry hießen, vierzehn Dollar ab. Jeder mochte ihn. Die Woche auf Ponchawee Manor versprach angenehm zu werden.

Am nächsten Tag wurde noch ein Neuankömmling an diesen Tisch gesetzt (er wurde schon bald der Feldman-Tisch genannt), und es überraschte den Arzt, daß er statt einer freundlichen Begrüßung nur ein Brummen erntete, als er sich vorstellte. Der Mann hieß Moritzer. Er war Ende Vierzig, bläßlich, dünn und sah unglücklich aus. Eine schlechte Wahl für den Feldman-Tisch, darin waren sich die anderen einig, als sie nach dem Lunch auf der Veranda saßen.

Doktor Feldman nahm ihn in Schutz. »Urteilen Sie nicht so rasch«, sagte er. »Moritzer fühlt sich vielleicht nicht wohl. Moritzer hat vielleicht geschäftliche Sorgen. Geben Sie Moritzer eine Chance!«

Er gab Moritzer eine Chance im Salon, in dem die Gäste sich bei allerlei Spielen vergnügten. »Nun, was machen Sie denn gern?« fragte er ihn. »Ich bin Gin-Rommé langsam leid. Haben Sie Lust auf eine Partie Binokel? Oder spielen Sie Pingpong? Wie wär's mit Pool?«

»Nein, danke«, sagte Moritzer kühl. »Ich bin hergekommen, um mich auszuruhen, nicht um zu spielen.«

»Leben Sie in der Stadt?« erkundigte sich Doktor Feldman.

»Ja, na und?«

»Nichts, nichts«, sagte der Arzt. »Ich glaube, ich habe Ihren Vornamen überhört. Meiner ist Horaz. Ich habe diesen Namen immer gehaßt. Früher nannten sie mich Ratze. Das ging ja noch, solange ich rank und schlank war, aber dann habe ich ein paar Pfund zugelegt.« Er gluckste vergnügt und klopfte auf seine gutgepolsterte Mitte. »Welchen Vornamen haben Sie?«

»Ich heiße Moritzer«, sagte der Mann.

Später am Abend spielte Doktor Feldman Dame und gewann. Plötzlich hob er den Kopf und entdeckte in einem Schaukelstuhl Moritzer, der ihn mit einem Blick beobachtete, unter dem sogar süße Sahne sauer geworden wäre. Da fing die Feldmansche Hand zu zittern an, und er verlor die Partie.

Auf dem Weg in sein Zimmer (die Feldman-Suite) sah er Moritzer durch die Halle kommen und sich mit einer zusammengerollten Abendzeitung auf den Schenkel klopfen.

»Gute Nacht, Mr. Moritzer«, sagte er.

Moritzer antwortete nicht. Er *antwortete* ihm nicht einmal.

An diesem Abend hatte Doktor Feldman ein wenig Mühe mit dem Einschlafen, und er gab dem Neuankömmling die Schuld. Natürlich war Moritzer ihm gleichgültig; er war nur ein Miesepeter; doch es bedrückte Feldman. Konnte es sein, daß Moritzer ihn etwa nicht mochte?

Diese vage Befürchtung, so abwegig sie auch schien, dauerte beim Mittagessen am nächsten Tag an. Moritzer war nicht einfach nur griesgrämig; hinter seinem Griesgram steckte Methode. Schließlich wechselte er ja ein paar Worte mit den Ehepaaren. Er beantwortete sogar Mrs. Shears Fragen nach seinem Familienstand (er war verheiratet, aber seine Frau hielt sich nicht gern auf dem Land auf). Aber zu Doktor Feldman: kein Wort.

Ein Mann von niedrigerer Gesinnung hätte sich mit Empörung trösten oder mit Gleichgültigkeit zufriedengeben können. Nicht Doktor Feldman. Für die Feldmansche Psyche bedeutete Moritzers Verhalten eine Herausforderung.

Nach Tisch sagte der Arzt: »Kommen Sie, Moritzer, gehen wir spazieren!«

»Ich hasse Spaziergänge«, erklärte Moritzer.

»Gut für die Verdauung. Ist 'ne ärztliche Verordnung.«

Zu seiner Überraschung willigte Moritzer murrend ein. Sie wanderten die Hauptstraße entlang und bogen in den schmalen Waldweg ein, der sich wie ein Lasso um Ponchawee herumwand. In gegenseitigem Einvernehmen schwiegen sie. Da und dort wurde der Pfad schmaler und steinig. Dann und wann drohte der eine oder andere den Halt zu verlieren.

»Vorsichtig, vorsichtig!« sagte Doktor Feldman, als Moritzer auf ihn zustolperte.

»Selber vorsichtig!« sagte Moritzer unfreundlich. Ein paar Schritte weiter strauchelte er und stieß dabei den Arzt beinahe zu Boden. Die Feldmansche Geduld ließ sich nicht erschüttern, doch dann passierte es ein drittes und ein viertes Mal.

»Hoppla, Sie Hans-guck-in-die-Luft«, sagte er mit gequältem Lächeln. »Passen Sie auf, wo Sie hintappen!«

Als sie zum Gutshaus zurückkamen, zupfte der Arzt Kiefernnadeln von seinem Ärmel und sah zerzaust aus.

Mrs. Shear fragte, wie der Spaziergang gewesen sei. Schön, behauptete er.

Am nächsten Tag lud er, nur mäßig entmutigt, Moritzer zu einem gemischten Doppel auf dem Badmintonplatz ein. Das Team Moritzer–Elkins gegen Feldman–Shear. Eine Attraktion ersten Ranges. Völlig unerwartet entpuppte sich Moritzer als trübseliger, aber flinker Gegner, und Mrs. Elkins war auch nicht schlecht. Feldman–Shear verloren haushoch. Dann schlugen die Damen eine andere Variante vor: die Männer gegen die Frauen. Dagegen wäre nichts einzuwenden gewesen, aber zweimal, *zweimal* schlug Moritzer mit seinem Racket dem Arzt auf den Hinterkopf. Einmal, so sagte sich Doktor Feldman, war es Zufall. Aber zweimal?

An diesem Nachmittag machte sich Doktor Feldman, den Schüchternen mit gutem Beispiel vorangehend, zu seinem ersten Bad in Ponchawees Swimmingpool auf. Eine Stunde später erschienen ein Ehepaar, Mrs. Elkins, Mrs. Shear und sogar Moritzer in Badesachen. Es stellte sich heraus, daß Moritzer ein ausgezeichneter Schwimmer war. Im Gegensatz zum Arzt, der einen Schwimmgürtel brauchte, trug er Flossen und eine Taucherbrille und verbrachte viel Zeit unter Wasser. Das löste heftiges Gekicher bei den Damen und ein paar spitze Bemerkungen aus. Da passierte etwas Seltsames. Der Chirurg schwamm im Feldman-Kraulstil, mit würdevollen, bedächtigen, aber wirksamen Bewegungen, als er spürte, wie sich eine Hand um seinen Knöchel legte. Es *mußte* eine Hand sein, überlegte er; im Swimmingpool von Ponchawee gab es keinerlei Wassertiere. Und die Hand schien darauf aus zu sein, Doktor Feldman unter die Wasseroberfläche zu ziehen. Zunächst reagierte er gutmütig und rief fröhlich: »He, aufhören da unten!« Sobald sich seine Nase jedoch mit gechlortem Wasser füllte, fand er das nicht mehr so lustig. »Blub, gluck!« Doktor Feldman schrie und schlug mit dem anderen Fuß aus, wobei er gegen ein Schulterblatt oder etwas ähnlich Hartes stieß – vielleicht eine Tauchermaske? Die Hand ließ los, und der Arzt paddelte keuchend an den Beckenrand.

In dieser Nacht träumte Doktor Feldman vom Ertrinken, was seinen Schlaf empfindlich beeinträchtigte. Kein Wunder also, daß er bei Moritzers erstem freundschaftlichem Annäherungsversuch während des Frühstücks zauderte.

»Kommen Sie, gehen wir rudern!« schlug Moritzer vor.

»Rudern«, sagte Doktor Feldman und dachte sogleich wieder an Wasser.

»Auf dem See.«

»Auf dem See«, wiederholte Doktor Feldman und fand dann, daß er sich albern benahm. »Gute Idee! Hören Sie, laden wir die Frauen dazu ein!«

»Puh!« wehrte Moritzer ab. »Ich bin ein verheirateter Mann. Was genug ist, ist genug. Wenn Sie rudern gehen wollen, okay. Wenn nicht, ist's auch okay.«

»Okay«, sagte Doktor Feldman.

Sie gingen zum Bootshaus hinunter und nahmen das Ruderboot heraus, das am stabilsten aussah. Es war ein schöner Tag. Der See war glasklar, nur hier und da deutete ein leichtes Kräuseln an, daß sich ein Fisch dicht unter der Oberfläche sonnte. Als Doktor Feldman feststellte, daß es auch Angelzeug gab, war er plötzlich begeistert. Moritzer fischte nicht, aber er ruderte gern. Also teilten sie sich die Arbeit. Feldman fischte, Moritzer ruderte.

Das Boot glitt unter Moritzers gemächlichem Ruderschlag ruhig durch das Wasser. Der Arzt hätte gern mitten auf dem See gefischt, aber Moritzer wollte um die Biegung herumfahren und ein weiter entferntes Ufer ansteuern. Nach einer Weile konnten sie das rote Dach von Ponchawee Manor nicht mehr sehen.

Eine halbe Stunde lang döste Moritzer im Ruderboot, und Doktor Feldman fischte. Doch an der Feldmanschen Angel biß nichts an, und Moritzer begann unruhig zu werden. Er setzte sich am anderen Ende des Kahns auf und betrachtete den Arzt mit verschränkten Armen und mit einem Blick, der nichts Gutes verhieß. Dann fing er an, langsam von einer Seite zur anderen zu schaukeln.

»Pst!« machte Doktor Feldman. »Sie verscheuchen den Fisch.«

»Was für einen Fisch?« fragte Moritzer.

Schon bald wurde das Schaukeln heftiger.

»Moritzer«, sagte der Arzt, »was tun Sie denn da?« Moritzer antwortete nicht. Er stierte nur vor sich hin und schaukelte. »Moritzer, sind Sie verrückt geworden? Wenn Sie so weitermachen, kippen Sie noch das Boot um.«

»So?«

»Wollen Sie etwa, daß wir ertrinken?«

»Was ist denn, Feldman?« fragte Moritzer gehässig. »Haben Sie Ihren Schwimmgürtel nicht dabei?«

»Der Spaß geht zu weit«, sagte der Arzt. »Kehren wir lieber sofort um!«

Es war nicht zu fassen, aber Moritzer stand auf. Er stellte sich breitbeinig hin und schaukelte so stark, daß das Wasser über die Bootswände zu schwappen begann.

Völlig verdutzt betrachtete Doktor Feldman die nassen Flecken auf seiner Hose aus weißem Segeltuch und rief: »Moritzer, ich glaube, Sie sind verrückt!«

»Na, so lernen Sie doch schwimmen, Feldman«, spottete Moritzer, und der Arzt begriff allmählich, daß Moritzer, der sauertöpfische Moritzer, ihn vielleicht nicht nur *nicht mochte*, sondern daß Moritzer ihn vielleicht *regelrecht haßte*, daß Moritzer ihm vielleicht gar *nach dem Leben trachtete.*

»*Moritzer!*« schrie der Arzt, als er spürte, wie er das Gleichgewicht verlor. Haltsuchend griff er nach dem Bootsrand und merkte, daß er ein Ruder umklammerte. Er zog es aus der Dolle und versuchte, es als Balancierstange zu benutzen. Moritzer lachte darüber. Er hörte sich an wie einer dieser Schurken in alten Filmen, und Doktor Feldman erschrak. Er brauchte nicht lange zu überlegen, ob er Moritzer einen Schlag mit dem Ruder versetzen sollte oder nicht, er tat es einfach. Er erwischte ihn mit dem Ruderblatt am linken Ohr, und Moritzer bekam einen schläfrigen Blick, dann kippte er über den Bootsrand und fiel ins Wasser, daß es nur so spritzte. Im nächsten Augenblick kenterte das Boot, und gräßliche fünf Sekunden lang glaubte Doktor Feldman, er befände sich darunter. Aber nein, um ihn herum war Tageslicht; keuchend, spuckend und in allen Tonarten stöhnend zog er sich hoch und bekam den Kiel des Bootes zu fassen. Nach Moritzer sah er sich gar nicht erst um; er war zu sehr damit beschäftigt, sich festzuhalten und zu schreien. Es hätte ohnehin nichts genützt, denn Moritzer war bereits ertrunken und mausetot.

Die restliche Zeit von Doktor Feldmans Aufenthalt auf Ponchawee Manor war weniger erfreulich. Polizisten kamen und ein Lokalreporter, im Speisesaal wetzte man eifrig die Zungen, und der Arzt begnügte sich mit der offiziellen Version der Geschichte, die im Ferienort bald die Runde machte und auch ihren Weg in den Polizeibericht fand. Es war ein Unfall gewesen, natürlich (und vielleicht, so hoffte Doktor Feldman insgeheim, war es ja auch nichts anderes). Daß Moritzer ertrunken war, wurde mit dem Schlag auf den Kopf erklärt, den er wohl davongetragen hatte, als das Boot gekentert war. Doktor Feldman hielt es für vertretbar, die Sache mit dem Ruder nicht zu erwähnen, wie er auch Moritzers vorsätzliche Schaukelei nicht erwähnte. Fair ist fair. Aber es tat ihm nicht leid, als er hinter das Steuer seines Mercedes kletterte und Ponchawee Manor hinter sich ließ. Im Grunde freute er sich sogar darauf, am Montag morgen in sein Büro zurückzukehren und das reizlose, aber nicht unwillkommene Gesicht von Hilda, seiner Krankenschwester, wiederzusehen.

»Nun, Doktor«, fragte sie, »war's schön?«

»Nicht übel, nicht übel«, sagte Doktor Feldman. »Allerdings hat es einen kleinen Unfall gegeben ...«

»Sie sind doch nicht etwa verletzt worden?« erkundigte sich Hilda mit lebhafter Anteilnahme.

»Nein, nein«, sagte Doktor Feldman. »Aber da ist so ein armer Mann ertrunken. Sonst war's wunderbar.« »Nun«, fragte er, während er sich in der Vorfreude darauf, wieder ein Menschenleben zu retten, die Chirurgenhände rieb, »wer ist denn unser erster Patient in dieser Woche?«

»Eine Mrs. Moritzer«, sagte Hilda.

Schlafende Hunde soll man nicht wecken

Die Couch in Doktor Fröhlichs Wartezimmer war hypermodern, mit einem eleganten, aber genoppten Stoff bezogen, der unangenehm an Julia Smolletts Seidenkleid rieb. Sie seufzte. Sie beugte sich vor, faltete ihre kleinen weißen Hände im Schoß und preßte die dünnen Arme fest an den Körper. Sie sah jung und verletzlich und auf süße Weise rührend aus, und der Mann, den sie vor vierzehn Jahren geheiratet hatte, blickte sich stirnrunzelnd nach ihr um.

George stand auf der anderen Seite des Raums und betrachtete gerade den Stich einer Jagdszene. Er hatte einen kräftigen Brustkorb, kurze Arme und trug einen gedeckten Tweedanzug. Der runde Kragen um seinen kurzen Hals war mit einer kleinen goldenen Nadel festgesteckt. Seine Hose war eng, und die Jacke saß knapp. Er erweckte den Eindruck, als sei er an Reitkleidung, dicke Ledergurte, Sattelseife und an Spaziergänge am frühen Morgen gewöhnt. Dabei war er ein in der Großstadt aufgewachsener Wirtschaftsprüfer mit einem Büro in der Lexington Avenue.

Julia seufzte erneut und sehr beredt.

»Na, was ist los?« fragte ihr Mann.

»Nichts. Ich bin nur – das Warten leid. Warum braucht er bloß so lang?«

»Wir sind doch erst seit fünf Minuten hier. Gott, was Frauen für ein Zeitgefühl haben!«

Sie warf ihm einen traurigen Blick zu, aus großen,

feucht schimmernden Augen von tiefem Veilchenblau, auf die er dereinst ein sechzehn Zeilen langes Gedicht geschrieben hatte. »Tut mir leid«, sagte sie leise. »Es kommt mir nur so lang vor.«

Dann betrat eine resolute, rothaarige Frau den Raum, musterte sie kritisch und fragte: »Mr. und Mrs. Smollett? Doktor Fröhlich läßt bitten.«

Der Arzt hinter dem Schreibtisch eines freundlichen, holzgetäfelten Sprechzimmers war ein rundlicher, liebenswürdiger Herr mit leicht ergrautem, kurzgeschnittenem Haar.

»Ich bin sehr froh, daß Sie mitgekommen sind, Mr. Smollett«, sagte er. »Wie ich Ihrer Frau schon erklärt habe, halte ich es für nützlich, daß Sie dabei sind, wenn wir unser kleines Experiment durchführen. Ich dachte mir, Sie könnten vielleicht noch ein bißchen mehr zur Vorgeschichte beisteuern...«

George Smollett räusperte sich. »Also hören Sie, Doktor Fröhlich.« Er sprach völlig unbefangen. »Ich möchte nicht, daß Sie da etwas falsch verstehen. Ich zähle nicht zu den abergläubischen Leuten, die meinen, Hypnose sei eine Art schwarze Magie. Das heißt, ich hab viel gelesen. Ich weiß Bescheid.«

»Gut«, sagte der Arzt und nickte. »Diese Einstellung wird uns helfen. Es ist wichtig, daß dieses Vorurteil erst einmal überwunden wird. Ihre Frau hat sich natürlich mittlerweile schon recht gut an den Gedanken gewöhnt, nicht wahr, Mrs. Smollett?«

Selbst auf dem kleinen Sprechzimmerstuhl sah Julia winzig aus. Sie lächelte zaghaft und nickte.

»Wir haben ja schon oft ausgiebig miteinander geplaudert, Ihre Frau und ich. Wir verstehen uns. Wir sind uns darüber im klaren, wo unsere Probleme liegen dürften. Aber ich dachte mir, bevor wir uns tatsächlich an unser Experiment mit der Altersregression wagen, sollten Sie noch Ihre Sicht der Dinge darlegen.«

»Gut.« George Smollett rieb sich das Kinn. »Ich bin nicht sicher, ob ich verstehe, was Sie meinen.«

»Nichts besonders Kompliziertes. Ich möchte nur wissen, wie die Angst Ihrer Frau vor Hunden auf Sie wirkt. Soviel ich gehört habe, war es Ihr Vorschlag, daß sie medizinische Hilfe in Anspruch nimmt.«

»Oh. Ja, das war meine Idee. Sehen Sie, Doktor Fröhlich, meine Frau ist sehr ängstlich. Das brauche ich Ihnen ja nicht zu erzählen. Ich glaube, es war noch nicht so schlimm, als wir jung verheiratet waren. Es muß wohl angefangen haben, nachdem George junior auf die Welt gekommen war. Unser erstes Kind; er ist jetzt elf. Dann wurde es ganz schlimm. Das heißt, von da an gab es nichts mehr, was ihr nicht Angst gemacht hätte. Geräusche, Dunkelheit. Einfach alles! Und was Hunde betrifft...« Er zuckte vielsagend mit den Schultern.

»Ja«, sagte der Arzt. »Erzählen Sie mir von den Hunden!«

Nachdenklich betrachtete der Ehemann die ausgefallene Lampe auf dem Schreibtisch. »Verlangen Sie nicht von mir, das zu erklären. Das ist Ihr Gebiet. Ich weiß nur, daß sie sich vor Hunden so fürchtet, daß sie hysterisch wird, sobald sie einen sieht – sobald sie ihn bloß sieht, verstehen Sie, noch eine Meile entfernt. Na ja, das geht ja schon lange so. Nur jetzt ist es noch schlimmer geworden.«

»Inwiefern ist es schlimmer geworden?«

»Nun, weil wir in diesem Jahr umgezogen sind. Aufs

Land. Raus nach Wister County. Sie wissen doch, wie es in solchen Dörfern ist, Doktor. Da gibt's 'ne Million Hunde in der Gegend. Jeder hat einen Köter.«

Aus Julias Richtung war ein gequältes Stöhnen zu hören. Sowohl der Arzt als auch der Ehemann beschlossen, es nicht zur Kenntnis zu nehmen.

»Wußten Sie das, als Sie umzogen?«

Die Frage behagte George nicht. »Ich hab mir nie viel Gedanken darüber gemacht. Wahrscheinlich hab ich einfach nicht an ihre krankhafte Angst vor Hunden gedacht. Aber wenn Sie mich fragen, dann ist das beste Mittel, jemanden von so etwas zu kurieren, ihn dazu zu bringen, daß er tapfer dagegen angeht.«

»Ich stimme Ihnen zu«, sagte der Arzt. »Mit gewissen Einschränkungen.«

»Da hörst du's!« Der triumphierende Blick ihres Mannes traf die Frau wie ein Feuerstrahl. »Was hab ich dir gesagt, Julia?« Er wandte sich wieder Doktor Fröhlich zu und lächelte. »Ich hab mir vorgestellt, daß wir uns selbst einen Hund anschaffen sollten. Einen anständigen, mannsgroßen Hund, so was wie 'ne Dogge. Sehen Sie, Doktor Fröhlich, wir haben zwei Buben. Sie wissen doch, wie Buben sind. Als ich klein war, da hab ich immer einen Hund gehabt. Es ist doch 'ne Schande, wenn Kinder darauf verzichten müssen, nicht wahr?«

»Sie können gute Gefährten sein«, sagte der Arzt ausweichend.

»Sicher können sie das! Hören Sie, die Treue eines Hundes ist unschlagbar. Und an so einem Ort – ich meine, da draußen auf dem Land, wo überall Vagabunden und solche Leute rumstreichen – nun, an so einem Ort tut ein Hund not. Finden Sie nicht?«

»Mag sein.«

»Na sicher. Nun, zuerst habe ich vorgehabt, einfach einen Hund heimzubringen, daß sie sich an ihn gewöhnen kann. Ich hatte eine dänische Dogge im Auge, die ich in einem Zwinger oben beim Hawthorne Lake gesehen hab. Ein richtig mannsgroßes Tier, kein Schoßhund, Sie wissen, was ich meine. Ein Hund, der auf sich selbst aufpassen kann...«

Julia schauderte.

»Aber ich hab ihn nicht genommen«, seufzte der Ehemann. »Ich wollte es einfach nicht auf einen Krach ankommen lassen. Das ist nämlich so ziemlich das einzige, womit man Julia einen Pieps entlockt – wenn man sich mit ihr anlegt. Deshalb hab ich vorgeschlagen, daß sie sich vielleicht medizinisch behandeln lassen sollte. Da waren wir dann bei Doktor Ellison. Und der hat uns zu Ihnen geschickt. Also...« Er spreizte die Finger.

»Schön«, sagte Doktor Fröhlich. »Jetzt sollte ich Ihnen wohl kurz erklären, was ich heute vorhabe.« Er lehnte sich in seinem Sessel zurück.

»Ich habe Mrs. Smollett bereits eine Menge über die Anwendung der Hypnose in der Psychoanalyse erzählt. Ich werde sie nicht damit langweilen, das alles noch einmal zu wiederholen. Aber zu Ihrer Information möchte ich es so zusammenfassen: In der Psychoanalyse betrachten wir die Hypnose als zweckmäßige Therapieform. Wir halten sie in vielen besonderen Fällen für nützlich. Sie kann dem Patienten oft viele, viele Monate Zeit ersparen, weil sie seinen – natürlichen Widerstand so schnell ausschaltet. Wissen Sie, was Transferenz ist?«

»Ich glaube schon.«

»Schön. Also Hypnose schafft eine Art unmittelbare

Transferenz zwischen dem Arzt und dem Patienten. Sie bringt uns beide näher an die Ursache des Problems heran. Und in einem Fall wie dem Ihrer Frau, bei dem die Angst vor Hunden vermutlich in einem weit zurückliegenden und lange verdrängten Ereignis wurzelt, kann es sehr hilfreich sein, wenn wir sozusagen den Vorhang lüften, der sich über ihr Unterbewußtsein gesenkt hat.«

»Ich verstehe«, sagte George. Er schaute zu seiner Frau hinüber. Julia hing an den Lippen des Arztes.

»Allerdings kann sie auch nicht immer Wunder wirken«, warnte Fröhlich. »Das muß ich unbedingt klarstellen. Normalerweise ist sie kein Ersatz für eine gründliche Analyse. Sie dient nur als Werkzeug.« Er mußte gesehen haben, wie Julia die Kinnlade herunterfiel, denn er lächelte und fügte hinzu:

»Doch ich bin ziemlich optimistisch, daß Mrs. Smollett ihre Angst überwinden wird. Ganz ehrlich. Ich denke, wir werden mit einer Altersregression einen großen Schritt weiterkommen. Und das möchte ich heute versuchen.«

»Was bedeutet das eigentlich genau, Doktor? Altersregression?«

Fröhlich erhob sich. »Ich werde Ihre Frau in ihre Vergangenheit zurückversetzen. Dann werde ich sie dazu auffordern, noch einmal ihre frühen Jahre zu durchleben, mal sehen, ob uns nicht ein kurzer Blick hinter diesen Vorhang gelingt...«

»Jetzt?« fragte Julia leise.

»Falls Sie dazu bereit sind. Ja, jetzt.« Er drückte auf den weißen Knopf an der Seitenwand seines Schreibtisches, und die resolute Rothaarige erschien. Sie fing an, die Jalousien herunterzulassen, so daß der grauverhangene Himmel und die Regenschleier, die durchs Fenster zu sehen waren, den Blicken entschwanden.

»Wenn Sie so freundlich wären«, sagte der Arzt, »und einen Moment draußen warten würden, Mr. Smollett...«

»Ja, natürlich.«

»Ich werde Sie wieder hereinbitten, sobald Ihre Frau in Trance verfallen ist. Ich denke, Sie könnten das, was danach kommt, sehr aufschlußreich finden.«

»Ja«, sagte George unsicher. Dann wandte er sich zur Tür.

Nun lag der Raum im Dunkeln, und Doktor Fröhlich schaltete die sonderbar geformte Tischlampe ein. Sie schien Julia Smollett ins Gesicht, als der Arzt auf sie zuging.

Die Rothaarige sagte: »Sie können rein, Mr. Smollett.«

Im Raum war es noch immer dunkel, als George wieder eintrat. Fröhlich saß auf der Kante seines Schreibtisches und spielte mit einem metallenen Füllhalter. Julia, noch auf demselben Stuhl wie vorher, ließ die Schultern hängen, und ihre ineinander verschränkten Hände lagen kraftlos auf ihrem Schoß. Die großen Augen waren geschlossen.

»Ist sie...«

»Oh, ja«, sagte der Arzt. »Ihre Frau ist recht suggestibel. Wir werden nicht länger als fünf oder zehn Minuten brauchen. Bitte setzen Sie sich jetzt auf diese Seite und verhalten Sie sich ruhig, während ich meine Fragen stelle.«

George nahm in einer Ecke des Raums neben einem überfüllten Bücherregal Platz. Der Arzt beugte sich zu seiner Frau vor.

»Sie können Ihre Augen jetzt aufmachen, Julia.«

Sie tat es. Ihr Blick war teilnahmslos, aber nicht starr. George schluckte heftig.

»Wissen Sie, was für ein Wochentag heute ist, Julia?«

»Ja, Mittwoch.«

»Nein, Sie irren sich. Es ist Freitag, Julia. Stimmt's?«

»Ja, Freitag.«

»Nein, Julia. Es ist auch nicht Freitag. Wissen Sie, was für ein Tag heute ist?«

Sie zögerte, ihre Lippen bewegten sich. »Nein. Ich weiß nicht, was für ein Tag heute ist.«

Der Arzt schaute ihren Mann an. »Das mache ich absichtlich. Ich möchte sie aus der Zeit ausklinken.« Er fragte weiter, bis die Frau zugab, daß sie weder den Monat noch das Jahr wußte.

»Julia, hören Sie mir zu! Ich werde Sie jetzt bitten, in Ihre Vergangenheit zurückzukehren. Sie werden wieder ein ganz kleines Kind sein. Sie werden noch einmal die Zeit erleben, in der Sie ein kleines Mädchen waren. Sie werden alles so sehen und hören und fühlen wie in Ihren Babytagen. Und Sie werden mir alles erzählen, was ich wissen will über das, was Sie sehen, hören und fühlen. Sie werden von jetzt an alle meine Fragen beantworten...«

Er beugte sich weiter vor, und die feinen, unbewegten Gesichtszüge der Frau veränderten sich unmerklich.

»Du bist jetzt ein Jahr alt, Julia. Du bist ein kleines Kind und erst ein Jahr alt. Erzähl mir, was ich wissen will, Julia. Sag mir, hast du Angst vor Hunden?«

Als George Smollett die Antwort hörte, die seiner Frau über die Lippen kam, zuckte er zusammen. Die Stimme war so zart und schwach, so unheimlich und unnatürlich, daß selbst Doktor Fröhlich eine gewisse Überraschung anzumerken war.

»Nein«, piepste die sonderbare Stimme. »Nein, ich habe keine Angst vor Hunden...«

»Jetzt bist du zwei Jahre«, sagte der Arzt. »Du bist zwei Jahre alt, Julia. Hast du Angst vor Hunden?«

»Nein«, wiederholte die Stimme, und das verkniffene Gesicht verzog sich zu einer komischen Grimasse. »Ich hab keine Angst vorm Wauwau. Hab keine Angst...«

»Du bist drei Jahre alt, Julia. Du bist drei Jahre alt. Sag mir, hast du Angst vor Hunden?«

Die Stimme war jetzt kräftiger. »Nein, ich hab keine Angst.«

»Du bist vier, Julia. Du bist vier Jahre alt.«

Im Wandel ihrer Stimme und des Gesichtsausdrucks huschten die Jahre ihrer Kindheit vorüber. Da sagte der Arzt:

»Du bist zehn Jahre alt, Julia. Jetzt bist du zehn. Hast du Angst vor Hunden? Hast du Angst vor Hunden, Julia?«

Das war der Moment, auf den Fröhlich gewartet hatte. Das verzerrte Gesicht veränderte sich wieder, und der zierliche Körper der Frau wand sich auf dem Stuhl. Dann ballten sich die weißen Hände zu Fäusten, und die Fäuste rieben an den großen Augen. Ihr kamen die Tränen und sie schluchzte.

»Topper«, sagte sie und schluckte dabei. »Topper...«

Ungeduldig fragte Fröhlich: »Wer ist Topper, Julia?«

»Topper«, weinte die Mädchenstimme. »Armer Topper!«

»Wer ist Topper, Julia? Ist Topper ein Hund?«

»Ja.« Sie nickte. »Ja. Topper ist mein Hund. Topper ist ein guter Hund.«

»Wo ist Topper jetzt, Julia?«

»Topper ist tot!« jammerte sie. »Sie haben Topper fortgeschafft! Sie haben ihn umgebracht! Und es ist meine Schuld! Es ist meine Schuld!«

Plötzlich hörte das Schluchzen auf, und die junge Stimme wurde hart. »Es ist seine Schuld. Es ist Bobbys Schuld.«

»Wer ist Bobby, Julia?«

»Ich hasse ihn!« Sie schlug sich mit der Faust aufs Knie. »Ich hasse ihn! Er ist gemein! Bobby ist gemein!«

»Wer ist das, Julia? Ist Bobby ein Freund von dir?«

»Ich hasse ihn! Er hänselt mich! Er hänselt mich die ganze Zeit. Ich bin froh, daß ich es getan hab. Ich bin froh darüber. Nur, tötet Topper nicht! Bitte tötet Topper nicht!«

Fröhlich wischte sich die feuchte Stirn ab.

»Ich möchte, daß du mir alles darüber erzählst, Julia. Erzähl mir alles über Bobby und Topper! Ist Bobby ein kleiner Junge? Gehört er zu deiner Familie?«

»Nein. Bobby wohnt nebenan. Er ist zwölf. Er hänselt mich. Er zieht mich an den Haaren, und er hat mir mein Kleid zerrissen. Er hat mir Schlamm in die Schuhe getan, und er hat Topper mit einem Stein getroffen.« Ihre Augen weiteten sich erschreckend. »Mami!« schrie sie. »*Mami!*«

Der Ton ging ihm so durch Mark und Bein, daß George Smollett von seinem Stuhl aufsprang. Doktor Fröhlich winkte ihn zurück.

»Was ist passiert, Julia? Warum rufst du deine Mutter? Was ist mit Bobby passiert?«

»Er hat ihn umgebracht! Er hat ihn umgebracht!« kreischte die Stimme einer Zehnjährigen.

»Wer?« fragte Fröhlich laut. »Wer?«

»Ich hab ihn gewarnt«, schluchzte Julia so, daß ihre Schultern bebten. »Ich hab ihm gesagt, was ich tun würde. Ich hab's ihm gesagt!«

Wieder hörte das Schluchzen überraschend schnell auf.

Der Körper der Frau erstarrte auf dem Stuhl, und die dünnen Arme verschränkten sich über der Brust. Aber die eigentliche Verwandlung vollzog sich in ihren Augen; eine Metamorphose, die etwas Zeitloses und doch Uraltes zum Vorschein brachte: Schläue und eine erschreckende Verschlagenheit.

»Faß!« wisperte die Mädchenstimme. »Faß ihn, Topper! Kill ihn! *Kill ihn!*«

»Oh, mein Gott!« entfuhr es George laut.

»Bitte!« wehrte Fröhlich verärgert ab. »Julia, hör mir zu! Ich möchte, daß du dich beruhigst. Ich möchte, daß du mir alles ganz genau erklärst. Hast du deinen Hund auf Bobby gehetzt? Hast du deinem Hund gesagt, er soll Bobby anfallen?«

Ihr Körper sackte zusammen. Sie nickte.

»Hat er Bobby verletzt? Hat Topper ihn getötet?«

»Nein«, sagte sie leise. »Er hat Bobby gebissen. Er hat ihn nicht getötet. Er hat ihn in den Hals gebissen. Aber sie haben Topper umgebracht. Sie haben meinen Hund umgebracht. Und es ist meine Schuld. Meine Schuld...«

Ihre Stimme wurde schwächer und verebbte ganz.

Fröhlich sah ihren Mann scharf an. »Bitte gehen Sie jetzt hinaus, Mr. Smollett. Ich glaube, Sie sollten eine Weile draußen bleiben.«

George stieß einen tiefen Seufzer aus und ging zur Tür.

Eine Viertelstunde später waren die Jalousien wieder hochgezogen, und die ganze Episode mutete wie ein weit zurückliegender Traum an. Doktor Fröhlich, jetzt wieder eine stämmige, sehr menschliche Gestalt hinterm Schreibtisch, strahlte und frohlockte vor Freude über diesen vollen Erfolg.

»Also, Mrs. Smollett, nun wissen Sie Bescheid. Dieses

Ereignis in Ihrer Kindheit – diese kleine Tragödie, bei der Sie Ihre kindliche Unschuld eingebüßt haben, war der Auslöser Ihres Problems. Was Sie vor allem haben, ist ein starkes Schuldgefühl. Sie machen sich für das verantwortlich, was dem kleinen Bobby zugestoßen ist, während Sie aller Wahrscheinlichkeit nach keineswegs daran schuld waren. Aber Sie hatten sich gewünscht, daß Topper ihn anfallen würde, und dann sahen Sie, wie Ihr Wunsch in Erfüllung ging. Deshalb klagten Sie sich selbst eines Verbrechens an. Und mit dieser Anklage verurteilten Sie sich selbst zu panischer Angst, die Sie nun nie wieder zu haben brauchen.«

Er schaute zum Fenster. »Wie schön, jetzt ist sogar die Sonne rausgekommen. Ich denke, das ist ein Zeichen, Julia. Finden Sie nicht?«

Sie lächelte ihn an.

Drei Wochen später klingelte das Telefon in der Halle, als Julia Smollett gerade von ihrer morgendlichen Einkaufsrunde zurückkehrte. Sie nahm rasch den Hörer ab.

»Mrs. Smollett? Hier ist Doktor Fröhlich.«

»Oh, hallo Doktor! Nett, daß Sie sich melden.«

»Ich dachte nur, ich frage mal nach, was da bei Ihnen los ist. Mir scheint, wir hatten gestern eine Verabredung. Haben Sie das vergessen?«

»Ach, du meine Güte! Ist mir glatt entfallen!«

Er lachte herzlich. »Na, dann werden wir wohl herausfinden müssen, warum Sie diese kleine Sperre hatten. Doch vielleicht ist das gar nicht so schwer zu verstehen. Vielleicht fühlen Sie sich einfach zu wohl ...«

»Ich glaube, Sie haben recht«, sagte sie. »Ich habe mich seit Jahren nicht mehr so wohl gefühlt. Sie haben mich wirklich kuriert – von meiner, na Sie wissen schon, von meiner Angst. Ich habe Attila richtig gern!«

»Attila? Nennen Sie etwa das Tier so?«

»Es war Georges Idee. Aber inzwischen habe ich mich daran gewöhnt.«

»Also, ich dachte nur, ich bringe mich mal in Erinnerung. Wie wär's, wenn Sie nächste Woche zur selben Zeit kämen?«

»Gut, Doktor Fröhlich.«

Sie legte den Hörer auf. Dann stieg sie die mit einem Läufer belegte Treppe zum Schlafzimmer im ersten Stock hinauf.

Alice, das Hausmädchen, räumte gerade Georges Zimmer auf, als Julia eintrat. Sie stellte sich ans Fenster und blickte auf den Rasen hinterm Haus, wo der Hund friedlich unter dem einzigen Baum lag.

»Gehn Sie zum Hund raus, Mis' Smollett?«

»Ja sicher, Alice. Warum?«

»Weiß nicht, Mis' Smollett. Ich tät' dem Vieh da nicht traun. Das ist 'n richtiger Killerhund, so wahr ich je einen gesehn hab.«

»Ach, Alice!«

»Im Ernst, Mis' Smollett. Sie werden noch daran denken, was ich Ihnen gesagt hab. Der Hund da bringt eines Tages noch wen um.«

Murrend ging sie hinaus. Julia wartete, bis sie draußen war, dann schob sie die Nußbaumtür vom Wandschrank ihres Mannes auf und griff nach seiner Lieblingstweedjacke mit den Lederflecken an den Ellbogen. Sie nahm sie vom Bügel und hängte sie sich über den Arm.

Dann ging sie wieder nach unten und betrat den Rasen hinterm Haus.

Es war ein schöner Tag. Attila erwartete sie geduldig, bleckte wie grinsend die großen, schimmernden Zähne und ließ hechelnd die rote Zunge aus dem Maul hängen.

Julia streichelte seinen riesigen Kopf, dann holte sie die Jacke hinter ihrem Rücken hervor.

»Faß!« sagte sie in scharfem Ton und rieb dem Hund Georges Geruch in die Nase. »Faß, Attila!«

Auch Bettler können wählerisch sein

Stanley Towers hatte einen sechs Zoll langen Riß in die Bespannung seines neuen, erst vor zwei Tagen aufgestellten Billardtisches gestoßen; er ruhte und rastete nicht, bis der Schaden behoben war. Das Billardzimmer, die neueste Errungenschaft in seinem Terrassenhaus, war sein ganzer Stolz. Im College hatte er es dereinst zu einer gewissen Meisterschaft gebracht; doch die Zeit, der Mangel an Übung und ein ansehnlicher Bauch waren seinen spielerischen Fähigkeiten äußerst abträglich gewesen.

Am Samstag nachmittag war er emsig am Werk, als Selena schüchtern eintrat und irgend etwas von Küche murmelte. Knurrig wies er das Mädchen an, das Problem mit seiner Frau zu besprechen. Aber Mrs. Towers, so schien es, war wieder einmal auf einem Einkaufsbummel in der Stadt, und alle häuslichen Probleme lasteten auf ihm.

»Also, was ist los?« fragte Stanley.

»Da ist ein Mann an der Hintertür, Sir. Er sucht 'nen Gelegenheitsjob oder so was.«

»Schicken Sie ihn weg! Wenn Sie einen Landstreicher reinlassen, macht er bloß für alle anderen Rumtreiber seinen Zinken ans Haus.«

»Er sieht aber ganz anständig aus, Mr. Towers. Und da ist mir das Holz eingefallen, das Sie hacken lassen wollten . . .«

Stanley verpatzte einen einfachen Bandenstoß und fluchte. »Na gut«, brummte er. »Führen Sie ihn in den

Schuppen und zeigen Sie ihm, was zu tun ist! Sagen Sie ihm, er kann eine Mahlzeit und drei Dollar haben!«

»Ja, Sir.«

Da er sein Spiel nun schon einmal unterbrochen hatte, beschloß er, sich anderen Dingen zuzuwenden. Er räumte das Queue weg und schaltete das Licht überm Tisch aus. Darauf ging er ins Wohnzimmer, griff nach einem wöchentlich erscheinenden Wirtschaftsmagazin und begann nach Artikeln über sein Fachgebiet zu suchen. Es gab keinen, der ihn interessiert hätte. Nach einem Blick auf die Uhr stellte er fest, daß er noch eine halbe Stunde überstehen mußte, bevor er sich seine nächste Zigarre genehmigen konnte. Er drückte auf die Fernbedienung seiner Mattscheibe und schaute sich zwanzig Minuten lang alte Filme und Werbespots für ein Mittel gegen Erkältungen an. Dann fand er, daß er hungrig sei, und ging in die Küche.

Der Tramp saß am Tisch, den wirren Haarschopf tief über einen Teller Eintopf gebeugt. Stanley, der ihn inzwischen vergessen hatte, blieb an der Küchentür stehen und betrachtete ihn mit mäßiger Neugier. Er trug eine speckige Militärjacke, an der noch Späne vom Holzhacken hingen. Eine Weile lang bemerkte er Stanleys Anwesenheit nicht, doch dann sah er hoch und begegnete seinem Blick.

»Schon gut«, sagte Stanley. »Lassen Sie sich von mir nicht stören!«

Der Tramp starrte ihn ausdruckslos an, tupfte sich hastig mit einer Papierserviette über die unrasierten Wangen und aß etwas weniger gierig als vorher weiter. Er war ungefähr in Stanleys Alter, aber dünn und langgliedrig, eine richtige Wanderratte.

Stanley ging in die Küche hinein und sah wieder auf die Uhr. Zeit für eine Zigarre. Er fischte eine aus der Tasche seines Hausmantels, packte sie knisternd aus und steckte sie an.

»Sagen Sie, hab ich Sie nicht schon mal in der Stadt gesehen?« fragte er.

»Nein«, murmelte der Landstreicher. »Ich komm' zum erstenmal hier durch.«

»Komisch. Ich hätte schwören können...«

Der Mann schaute von seinem Eintopf auf; wieder begegneten sich ihre Blicke. Schockartig erkannte Stanley den Landstreicher.

»Dave Sumner!« rief er aus. »Um Himmels willen! *Dave!*«

Der Löffel verharrte in der Luft. Der Tramp machte ein überraschtes, verdutztes, ja geradezu verletztes Gesicht, als hätten ihn die lauten Worte hart getroffen.

»Woher wissen Sie?« krächzte er. »Woher wissen Sie, wie ich heiße?«

»Um Gottes willen, kennst du mich denn nicht? Erkennst du mich nicht wieder? Ich bin Stan Towers.« Auf dem hageren Gesicht zeigte sich kein Funken von Verständnis. »*Towers*«, sagte Stanley ganz aufgeregt. »Washington und Lee. Jahrgang 39. Erinnerst du dich nicht mehr?«

»Towers«, wiederholte der Tramp leise. »Ja, natürlich. Jetzt erinnere ich mich an dich...«

Stanley lachte. Er wandte sich ab und rieb sich das schwammige Kinn, bis er seine Züge wieder unter Kontrolle hatte.

»Verdammt noch mal«, sagte er. »Ist wirklich komisch, dich wiederzusehen, Dave, ich meine auf die Art. Ich will dich ja nicht kränken, aber...«

»Darüber brauchst du dir den Kopf nicht zu zerbrechen«, sagte der Tramp langsam. »Mich kränkt nichts mehr. Ich mach' mich jetzt wieder auf den Weg, das ganze Holz ist gehackt, danke für das Essen...«

»Jetzt wart doch 'nen Moment! Wir haben ja nicht einmal – ich meine, willst du nicht wenigstens 'n Weilchen mit mir reden?«

»Da gibt's nichts zu bereden.«

»Hör zu, ich weiß, es ist lange her.« Stanley trat an den Tisch und setzte sich. »Was zum Teufel ist denn mit dir passiert, Dave? Ausgerechnet du. Ich meine – du warst doch immer unter den Besten. Du warst der, dem sie bei der Abschlußfeier die größten Erfolgschancen prophezeit haben...«

»Das brauchst du mir nicht zu sagen.«

»Sei nicht eingeschnappt! Du kannst mir nicht übelnehmen, daß ich neugierig bin...«

»Ich nehm' es dir nicht übel«, beteuerte der Tramp. »Hörst du gern Geschichten von Leuten, die Pech gehabt haben? Davon könnte ich dir ein langes Lied singen. Aber du hast sicher was Besseres zu tun.«

»Nein, ich möchte es wissen, ehrlich. Hier«, sagte Stanley voller Ungeduld. »Magst du eine Zigarre? Und wie wär's mit 'nem Kaffee?«

»Gern«, antwortete Dave Sumner.

Zuerst stürzte er gierig den Kaffee hinunter. Dann zündete er die Zigarre an, stieß genüßlich den Rauch aus und begann zu erzählen:

»Ich weiß eigentlich selbst nicht, was passiert ist, das ist die gottverdammte Wahrheit. Nach dem Examen lief ja alles ganz gut – du erinnerst dich sicher, ich war auf diesen Diplomatenposten aus, hochkarätige Sache, große Tiere in Washington haben sich um mich gerissen.« Er grinste spöttisch. »Nur, als ich dann rausfand, wie wenig der Job einbrachte, da verlor ich das Interesse daran. Hab 'ne Stelle in einem Maklerbüro angenommen, bei einem Freund meines alten Herrn. Schließlich hab ich seine Tochter geheiratet. Wir sind nicht miteinander ausgekommen, und ich hab sie sitzenlassen. Vielleicht war's auch umgekehrt, ich weiß nicht mehr. Sechs Jahre lang hat sie mich blechen lassen, sie hat mich geschröpft, bis sie sich einen anderen Trottel geangelt hat. Dann hab ich zu trinken angefangen. Von da an rutschte ich immer tiefer...«

Sumner biß auf die Zigarre, und die Asche fiel auf den Küchenboden. Sein Blick heischte um Entschuldigung, doch Stanley merkte es nicht. Stanleys Atem ging schwer.

»Ich kann es einfach nicht glauben«, sagte er. »Ausgerechnet du. Und ich...« Er kicherte in sich hinein. »Weißt du noch, Dave, wie ich in der Schule war? Ich hab das Zeug aus den Büchern nie in meinen Schädel reingekriegt, nicht so, wie du das konntest.« Er schlug die Beine übereinander und umklammerte den weichen Lederpantoffel an seinem Fuß. »Das einzige, was ich je gekonnt hab, war Billard spielen, weißt du noch? Jetzt hab ich mein eigenes Billardzimmer. Das ist 'n Ding, was?«

»Du hast dich gemacht«, sagte Sumner, wobei er die Asche betrachtete, die die sauberen Fliesen beschmutzte.

»Jaja, ich hab mich gemacht«, begann Stanley redselig. »Erinnerst du dich noch an die kleine Werkstatt, die mein Alter hatte? Die war 'n glatter Witz, weißt du noch? Na ja, diesen kleinen Laden hab ich übernommen...« Er schob die Zigarre in den anderen Mundwinkel. »Ich hab die Klitsche übernommen und sie groß gemacht. Verpackungsmaschinen, das ist mein Metier. Du stellst was her, wir packen's ein. Ein glänzendes Geschäft, Dave, hohe Unkosten, aber ein glänzendes Geschäft.«

»Gratuliere«, sagte Sumner ironisch.

»Ich hab's zu was gebracht«, prahlte Stanley. »Hab ganz schön gescheffelt, Dave, das kann ich dir verraten. Es war nicht leicht, aber ich hab's geschafft.«

»Ich wollte, ich wüßte, wie man das macht«, meinte Sumner. »Den Trick hab ich nie gelernt. Mir ist es nie gelungen, zwei Dollar nahe genug zusammenzubringen, daß ihnen warm geworden wäre. Ich hab versucht zu sparen, was auf die hohe Kante zu legen, aber immer ist irgend etwas dazwischengekommen. Und dann die Steuern . . .«

»Das ist meine starke Seite, Junge«, erklärte Stanley vergnügt. »Das ist's, was man als Geschäftsmann wirklich lernen muß. Du mußt wissen, wo's langgeht. Du mußt lernen, wie du das behältst, was du einnimmst. Die hübschen Schliche, die ich mir ausgedacht hab, gehn auf keine Kuhhaut. Die Hälfte meiner Geschäfte wickle ich in bar ab, und die tauchen nie in den Büchern auf. Meine Kunden kriegen zehn Prozent Rabatt, und ich spare die Steuern. Solche Dinge lernst du nicht in der Schule, Dave. Vielleicht ist das der Unterschied zwischen dir und mir. He, Dave!« sagte Stanley und klatschte in die Hände. »Ich wollte, du könntest meine Frau kennenlernen! Gehst du manchmal ins . . . ach nein, du kommst wohl nicht oft ins Theater.« Er streichelte liebevoll seinen Schmerbauch. »Meine Frau spielt am Broadway«, sagte er.

Sumner stand auf. »Ich geh' jetzt besser . . .«

»Wart 'nen Moment, Dave, ich kann dich doch nicht so losziehen lassen.«

Stanley zückte die Brieftasche. Er klappte das weiche Schweinsleder auf und griff nach einer Banknote; als er sich's recht überlegte, zog er noch eine heraus. Es waren zwei Zwanziger.

»Da«, sagte er. »Ist kein Darlehen, ist ein Geschenk.«

»Das Hausmädchen hat gesagt drei Dollar...«

»Kümmer' dich nicht um das, was das Mädchen gesagt hat, Dave! Ich möchte, daß du die einsteckst. Um der alten Zeiten willen, Dave, bitte, hmh?«

Sumner zögerte, dann nahm er die Banknoten und stopfte sie hastig in seine Tasche. Er schien nicht imstande zu sein, noch irgend etwas zu sagen. Er drehte sich um und ging auf die Tür mit dem Fliegengitter zu, die von der Küche ins Freie führte. Stanley schaute ihm nach, die wippende Zigarre im Mund.

Als Dierdre mit einer Martinifahne von ihrem Einkaufsbummel zurückkehrte, fand sie ihren Mann im Wohnzimmer über die zerfledderten Reste seines College-Jahrbuchs gebeugt.

»Was ist denn hier los?« fragte sie. »Weinst du auf einmal alten Zeiten nach?«

Stanley lachte. »Da ist er«, gluckste er. »Schau mal, schau dir den mal an, Dave Sumner, gekürt zum Absolventen mit den besten Aussichten auf Erfolg.«

»Sieht nett aus«, meinte Dierdre. »Und wo bist du? Hab dich schon«, sagte sie stirnrunzelnd, als sie sein Mondgesicht entdeckt hatte. »Diese Schnute kenn ich überall raus. Was haben sie denn dir prophezeit?«

Stanley biß die Zähne zusammen. »Billardcrack«, gestand er. Dann grinste er und zog sie an sich. »Laß dir erzählen, was heute passiert ist«, sagte er.

Erst sechs Monate später sah Stanley Dave Sumner wieder. Am sechsten November wurde er ins Finanzamt vorgeladen, um zu einem angeblichen Einkommensteuerbetrug Stellung zu nehmen. Er war leicht beunruhigt, aber gut vorbereitet. Dann stellte er fest, daß die Beamten noch besser vorbereitet waren als er. Ihnen lagen Aussagen von Kunden seiner Firma vor, die sich nicht wegdiskutieren ließen. Eine Woche später erhob die Federal Grand Jury Anklage gegen ihn.

Bei der Verhandlung sah er Dave in den Gerichtssaal kommen und am Tisch des Anklägers Platz nehmen. Dave war immer noch dünn, schlaksig und sehr beherrscht, aber mit dem gekämmten Haar und dem rasierten Gesicht sah er anders aus. Er trug einen elegant geschnittenen Anzug. Derselbe Dave, aber verändert.

Stanley wandte sich an seinen Anwalt.

»Wer ist *das* denn?« fragte er.

»Zu dumm, daß Sie das nicht wußten«, antwortete der Anwalt mißmutig. »Das ist der *erfolgreichste* Steuerfahnder, den sie haben.«

Tonys Tod

Unger wurde an einem strahlend blauen Tag aus dem Gefängnis entlassen. Hinter ihm lagen fünfzehn graue Jahre, und vor ihm leuchtete blutrot ein einziger Augenblick – der Augenblick, in dem Tony sterben würde.

Er stand auf der festgefahrenen Schotterstraße, die an den Gefängnistoren endete, kniff die Augen zusammen und blinzelte in den Februarwind. Seine Lippen, steif und kalt, öffneten sich, und er sprach den Namen aus.

»Tony...«

Ein Auto nahm Unger bis zum Bahnhof von Fairmont mit, und er wartete fröstelnd eine halbe Stunde auf den Vorortzug, der ihn in die Stadt bringen sollte. Die meiste Zeit beobachtete er vom Bahnsteig aus die Vögel, die wie zum Hohn über der Gefängnisstadt in luftiger Höhe ihre Freiheit demonstrierten. Im Zug kauerte er sich in die Ecke seines Sitzplatzes. Sein gespenstisch bleiches Spiegelbild in der Fensterscheibe begleitete ihn wie ein stummer Komplize.

Mickey Unger hatte für eine Handvoll Dollarnoten in einer Registrierkasse einen Mann getötet. Er war damals noch ein halbes Kind gewesen, noch keine achtzehn. Es war ein fast lautloser Schlag, als der Pistolengriff auf dem schneeweißen Haarschopf des alten Mannes auftraf. Er hatte ihn dennoch getötet. Der Lebensmittelhändler hatte einen schaurigen letzten Tanz aufgeführt und dabei Obstkisten umgestoßen, so daß überall Orangen und fleckige Äpfel herumgekullert waren.

Und Tony war heulend weggerannt, hatte Zeter und Mordio geschrien, hatte ihn lauthals verraten. Unger schloß die Augen und sah die Bilder wieder vor sich: Tony an seiner Seite, nervös kichernd und darum bemüht, älter auszusehen, sich seine erst fünfzehn Jahre nicht anmerken zu lassen; Tony, der wegrannte; Tony, der sein Gesicht in der großen Schürze seiner Mutter vergrub; Tony, der schluchzte und um Vergebung bettelte.

Tony im Gerichtssaal.

»Tony…«

Unger sprach den Namen laut aus, und der Mann auf dem Platz neben ihm warf ihm einen neugierigen Blick zu. Dann quietschten die Räder des Zugs, und Unger wurde auf seinem Sitz nach vorn geschleudert. Er ließ sich Zeit beim Aussteigen.

In einem Pfandhaus, dessen Besitzer sich darauf verstand, seine Nase nicht in anderer Leute Angelegenheiten zu stecken, besorgte Unger sich eine Waffe, eine alte Smith and Wesson ohne Hahn. Dann ließ er sich von einem Taxi zu Tonys Haus bringen.

Unger verspürte nicht die geringste Wehmut, als er durch die Straßen seiner Kindheit rollte, an der Brauerei vorüber, die Pushcart Avenue entlang, über die holprigen Überreste der Straßenbahngleise. Er fuhr an dem Haus vorbei, in dem er gewohnt hatte, und betrachtete das niedrige Gebäude ungerührt. Als er an Fleishers Lebensmittelladen vorbeikam, fragte er sich, wer wohl jetzt das Geschäft betrieb. Dann erreichte er Tonys Haus.

»Tony«, sagte er wieder laut.

»Was is', Mister?«

»Wir sind da, hab ich gesagt.« Er wartete, bis der Wagen außer Sicht war. Dann stieg er die Stufen zu dem schmalen Eingang hinauf. Trotz des Tageslichtes mußte er ein Streichholz anzünden, um das Namensschild am Briefkasten zu finden.

»Massell...« Er drückte auf den Klingelknopf.

Es dauerte lange, bis ihm jemand aufmachte. Schließlich summte es dreimal kurz, als die Tür entriegelt wurde. Er stieß sie auf und ging langsam die Treppe hinauf. Im Flur roch es nach Heizöl und gekochter Milch.

Unger blieb auf dem ersten Treppenabsatz stehen. Hinter der Tür zur Wohnung im ersten Stock wurde gestritten. Er verstand zwar nicht, was gesagt wurde, doch er hörte barsche Töne und weinerliches Klagen.

Er stieg in den zweiten Stock hinauf. Dort schrie ein Baby.

Dann erklomm er die Stufen bis zu Tonys Tür. Er klopfte energisch. Die Tür ging auf.

»Was gibt's?« Die alte Frau hatte große Augen. Sie waren von dunklen Ringen umgeben, fast so schwarz wie das Baumwolltuch auf ihren Schultern.

»Mrs. Massell?«

Natürlich kannte er sie. Sie war eine schemenhafte Figur aus seiner Jugendzeit, eine kleine, unförmige Gestalt in der Küche, die mit einem hölzernen Kochlöffel in einem dampfenden Kessel rührte; ein stummes Schreckgespenst, das zwischen dem Feuer des Küchenherdes und der Kerze vor dem Heiligenbild im Schlafzimmer umherwandelte; eine steife, unbeugsame Verkörperung mütterlichen Schutzes im Gerichtssaal, wo Tony ihn verraten und Unger seine Freiheit eingebüßt hatte.

»Wer sind Sie?« Die Augen blinzelten.

»Ich bin es, Mrs. Massell. Mickey.«

Ihre Augen leuchteten einen Moment lang auf, dann verdüsterten sie sich wieder. »Was willst du?«

»Sie erinnern sich doch«, sagte Unger. »Mickey Unger. Tonys Freund. Sie erinnern sich doch noch an mich, nicht wahr?«

Mrs. Massell nickte, dann kehrte sie ihm den Rücken zu. Mühsam bewegte sie sich auf einen Schaukelstuhl zu, der neben dem Küchenherd stand, und zwängte stöhnend ihre massige Gestalt hinein. »Ich erinnere mich«, sagte sie tonlos.

Er ging ihr nach. »Wo ist Tony, Mrs. Massell?«

Sie stierte auf den Fußboden, ohne ihm zu antworten.

»Ich bin nicht mehr sauer auf ihn, Mrs. Massell, ehrlich. Ich möchte Tony bloß wiedersehen. Um der alten Zeiten willen.«

Der Stuhl knarrte, aber die Frau schwieg.

Unger fuhr sich mit der Zunge über die Lippen. »Hören Sie«, sagte er und machte einen Schritt auf sie zu. Da sah er ein Licht schimmern und warf einen Blick Richtung Schlafzimmer. Die Tür stand einen Spalt offen, und der matte Schein kam von einer Kerze, die im Wind flackerte. »Ich nehm' Tony ja nichts übel. Ehrlich gesagt hat mir Pater Flynn, der Gefängniskaplan, geraten, ich soll herkommen und ihn besuchen.«

Sie schaute hoch. »Tony is' tot«, erklärte sie ihm.

Jetzt stierte er sie fassungslos an. »Hören Sie, Mrs. Massell...«

»Tony is' tot. Is' letzte Nacht gestorben. An 'nem Husten gestorben.« Sie hielt sich die fleckigen Hände vors Gesicht und weinte.

Unger trat einen Schritt zurück. »Das ist nicht wahr.«

Sie schluchzte.

»Nein!« rief er aus. »Das ist nicht wahr, Mrs. Massell!«

»Is' wahr«, jammerte die Frau. »Is' wahr«, schrie sie. »Er hat 'nen Husten gekriegt. Er kam ins Krankenhaus. Lungenentzündung...« Sie sah ihn wütend an. »Was willst du hier?« fragte sie heiser.

»Nein«, flüsterte Unger.

»Du wolltest Tony Scherereien machen, was?« Sie schob ihren fülligen Körper nach vorn, und der Schaukelstuhl ächzte. »Du Mistkerl!« zischte sie.

Unger wich zurück. Er streckte die Hand hinter seinem Rücken aus und fand die Türklinke. Er öffnete die Tür und ging rückwärts in den Flur hinaus.

»Du Halunke!« schimpfte die alte Frau. »Was willst du hier?«

»Nichts! Nichts!« sagte Unger. Er flüchtete die Treppe hinunter, mit irrem Blick, wie verfolgt von etwas, für das er keinen Namen hatte.

Zwei Stunden lang streifte er durch die Straßen. Er stolperte in Kneipen hinein und stürzte hastig ein paar Whiskeys hinunter, die ihm in der Kehle brannten. Er ging in ein Kino, starrte dumpf auf die Leinwand und verließ es wieder, noch ehe der Film halb vorüber war. Dann wanderte er wieder durch die Straßen und landete schließlich vor den hohen Stufen des Wohnhauses, in dem Tony einst gelebt hatte.

Der Alkohol hatte seinem Kopf und seiner Lunge einen komischen Streich gespielt. Er keuchte asthmatisch, als er den dritten Stock erreichte. Unter seinen Rippen spürte er einen stechenden Schmerz. Gebieterisch schlug er mit der Faust auf die hölzerne Tür ein.

Niemand öffnete ihm.

»Aufmachen!« rief er. »Ich bin's, Mrs. Massell!«

»Was willst du? Warum verschwindest du hier nicht?«

»Wo ist er?« fragte Unger. »Wo ist Tony?«

»Hab ich dir doch gesagt. Tony is' tot. Er is' tot. Hau ab! Laß mich in Ruh!«

»Nein…« Er streckte seine Hand nach ihr aus, und sie wich zurück. »Ich will wissen, wo er ist. Wo haben sie ihn hingebracht?«

Sie blinzelte verständnislos.

»Wo ist seine Leiche?«

»In der Leichenhalle. Wo denn sonst? Bei Salvadore.« Ihr Mund öffnete sich wieder. »Warum?«

Er grinste sie heimtückisch an. »Wegen der letzten Ehre«, sagte er. »Will ihm die letzte Ehre erweisen, Mrs. Massell…«

Die Tür schlug zu. Ungers Blick verfinsterte sich, und er stieg die Treppe hinunter wie einer, der mit Leib und Seele ein Ziel verfolgt.

Wenige Minuten später fand er das Bestattungsunternehmen im Kellergeschoß eines ruhigen, rötlichbraunen Sandsteinbaus, nur drei Häuserblocks von Tonys Wohnung entfernt. Bis auf einen alten Mann, der an seinem Stand Zeitungen stapelte und dessen Atem zu großen, weißen Schwaden gefror, war die Straße menschenleer.

Die Tür war verschlossen. Unger rüttelte in rasender Wut an ihr. Dann hämmerte er an die Fensterscheibe. »Aufmachen!«

Er schaute zum Zeitungsstand hinüber. Der alte Mann war mit seinen Papierbergen beschäftigt.

Er trat einen Schritt zurück. Sein Fuß schnellte nach vorn. Das morsche Holz barst mit splitterndem Krachen, das die ganze Straße hinauf und hinunter hallte. Er schob die Tür zur Seite und trat ein.

Es war dunkel. Er tastete die Wand ab und fand einen Lichtschalter. Keuchend knipste er ihn an. Er ging von einem Raum zum anderen, bis er den Sarg sah, an dessen Kopfende zwei nichtangezündete Kerzen standen.

»Tony!« schrie er.

Die Pistole blitzte auf. Unger feuerte auf die Bahre. Der erste Schuß ging daneben und prallte gegen das dahinterliegende Mauerwerk. Der zweite Schuß traf das Gestell. Der dritte brachte eine Kerze zu Fall. Der vierte und der fünfte schlugen Löcher in die Truhe.

Er hatte den sechsten Schuß noch nicht abgefeuert, als der alte Mann und ein Polizist in den Raum stürmten. Der alte Mann zeterte mit einer Fistelstimme, und der Polizist schimpfte laut.

Unger richtete die Pistole auf die beiden, aber eine große Hand riß ihm mühelos den Arm hoch.

»Schluß damit. Schluß jetzt!« herrschte der Polizist ihn an.

Er drehte Unger den Arm auf den Rücken. Der versuchte zu beißen, zu kratzen und sich mit Fußtritten aus dem Griff des Hünen zu befreien. Es hatte keinen Sinn. Der Polizist war stark.

»Der ist verrückt!« sagte der alte Mann.

Da gab Unger auf. Er wandte sich um und warf einen letzten Blick auf den ramponierten Sarg, bevor er abgeführt wurde.

Der Junge in der Lederjacke war außer Atem, als er die Treppe hinaufstürmte. Er klopfte hastig an die Tür.

»Mrs. Massell! Telefon!«

Als die alte Frau herauskam, trug sie einen fadenscheinigen schwarzen Mantel und öffnete ihre Geldbörse. Sie gab dem Jungen eine Münze.

Er rannte vor ihr die Treppe hinunter. Als sie die Telefonzelle in der Imbißstube an der Ecke erreichte, stand er bereits am Tresen und nippte an einem Glas.

Sie nahm den Hörer auf und sprach unsicher in die Muschel hinein. Die Stimme am anderen Ende klang forsch.

»Ja«, sagte Mrs. Massell. »Ja, er war hier.«

Die Stimme sagte noch etwas, aber die alte Frau hörte kaum noch zu. Sie rieb sich den Hals, der so runzelig wie Kreppapier war, und ihr Blick schweifte in die Ferne. Als der Mann zu Ende geredet hatte, hängte sie den Hörer mit unendlicher Sorgfalt wieder ein. Dann kehrte sie nach Hause zurück.

Mrs. Massell zog den Mantel aus und legte ihn über die Rückenlehne eines hölzernen Sessels. Schwerfällig machte sie es sich im Schaukelstuhl bequem.

Da ging die Schlafzimmertür auf.

»Ma?«

»Alles in Ordnung«, antwortete sie. »Es war die Polizei.«

Der Mund des Mannes zitterte, und er sank vor der alten Frau auf die Knie. Er legte den Kopf auf ihren Schoß, und ihre steifen Finger streichelten behutsam sein schwarzes Haar.

»Alles in Ordnung, Tony«, sagte sie. »Du bist wieder für ein paar Jahre außer Gefahr.«

Eine sehr seltene Krankheit

Spiro war zuerst im Restaurant eingetroffen; schweigend saß er auf einem prallen Halbrund aus Lederkissen, nippte an einem gut gekühlten, trockenen Martini und lauschte den Gesprächen beim Mittagessen. Hochtrabende Reden, seichtes Geschwätz, Geschäfte, Geschäfte, Geschäfte; genau dasselbe, was er in jedem Restaurant in jeder Stadt gehört hatte, in die sein Verkäuferdasein ihn und seinen schwarzen Koffer geführt hatte. Heute aber störte ihn das Gerede, heute hatte Spiro große Sorgen.

O'Connor tauchte um halb eins auf. Er sagte: »Willkommen zu Hause, Joe! Hast du denen in Chicago mal gezeigt, was 'ne Harke ist?«

Spiro rückte um die Ecke, um seinem Tischgefährten Platz zu machen, dann griff er nach einem Löffel. »Jaja, ich hab's ihnen gezeigt, ist doch klar.« Er klopfte mit dem Löffel an ein Glas, so daß es einen reinen, hellen Glockenton von sich gab und der Kellner in ihre Richtung schaute. »Sie wollen einen Martini, stimmt's?«

»Erraten!« O'Connor grinste. »Ehrlich gesagt, Joe, ich glaub' du bist so was wie ein Glückspilz. Ich hasse es, dauernd hinter einem Schreibtisch zu hocken. Ich reise so gern.«

»Na ja, ich ja auch«, gab Spiro zu.

»Was ist dann los? Du siehst so bedrückt aus.«

»Bin ich auch.«

»War die Tour mies?«

»Nein, im Gegenteil. Seit letztem Jahr waren das die

besten drei Wochen, die ich auf Achse war. Geschäftlich hab ich keine Sorgen. Es ist ein gesundheitliches Problem.«

»Machst du Witze? Du und krank, Joe?«

Spiro sank in sich zusammen.

»Nicht ich. Katherine.«

»Deine Frau?«

»Ja. Das Schlimmste ist wohl ausgestanden, aber für eine Weile hat sie mir wirklich Angst eingejagt. Die letzten drei Tage waren die Hölle...«

»Was ist denn passiert?«

»Es muß vor ein paar Wochen angefangen haben, als ich sie aus Chicago angerufen hab, nur um mich mal zu melden. Da hat sie über Kopfschmerzen geklagt und über ein leichtes Schwindelgefühl, nichts Ernstes. Aber so verläuft das eben – kaum irgendwelche Symptome. Das ist das Erschreckende daran.«

»Woran, um Gottes willen?«

»An dieser Krankheit. Ich habe vergessen, wie sie genau heißt – Mono... Monotheocrosis oder so ähnlich. Das ist eine ganz seltene Krankheit, eines dieser medizinischen Phänomene, die nur einmal in hundert Jahren auftauchen. Es zeigen sich so gut wie keine Symptome; der Arzt hat uns erzählt, manche merken überhaupt nichts, bis es zu spät ist.«

O'Connor fiel die Kinnlade herunter. »Bis es zu spät ist? Willst du damit sagen, das ist *tödlich*?«

»So ist es. Wenn du's nicht rechtzeitig in den Griff bekommst –«, Spiro schnalzte mit den Fingern, »– dann ist's aus.«

»Aber jetzt ist sie doch über den Berg? Ihr habt es noch rechtzeitig gemerkt?«

»Gott sei Dank, ja. Es war der pure Zufall, der uns gerettet hat. Mein Arzt war am Donnerstag abend bei uns zum Bridge. Ich hab ihm von Kathys Erkältung erzählt, und da hat er sie flüchtig untersucht. Er meinte, sie sähe komisch aus, deshalb beschloß er, ihr Blut abzunehmen: Dabei hat er dann diesen blöden Bazillus gefunden. War verdammt gut, daß er das gemacht hat – für uns beide.«

»Wie meinst du das?«

»Diese Monotheocrosis ist – teuflisch ansteckend. Noch ein paar Nächte, und ich hätte das verdammte Ding auch in meinem Blut gehabt.«

O'Connors Drink kam, und er kippte ihn dankbar hinunter.

»Was habt ihr denn dagegen unternommen? Gibt es ein Heilmittel?«

»Das hab ich auch als erstes gefragt. Meinem Doc war die ganze Sache ein bißchen rätselhaft, aber zum Glück fiel ihm der Name eines Mannes ein, der diese Krankheit erforscht hat. Ein gewisser Doktor Hess, im zweiten Stock des Birch Building. Wir sind sofort hin und haben ihn aufgesucht, und er hat uns dann beruhigt. Er meinte, vor zehn bis zwölf Jahren hätte man noch nichts dagegen machen können, aber jetzt gäbe es Medikamente, mit denen man die Krankheit heilen könnte. Ich war so erleichtert, daß ich fast geheult hab.«

»Junge, Junge! Kein Wunder, daß du so zerschlagen aussiehst. Das war ja 'ne böse Geschichte.«

»Das war es wirklich«, sagte Spiro und trank sein Glas leer.

Sie verließen das Restaurant um zwei Uhr, und Spiro verabschiedete sich von O'Connor an der Ecke 58. Straße und Madison Avenue. Dann sprang er in ein Taxi und nannte dem Fahrer die Adresse des Birch Building.

Zehn Minuten später war er dort. In der Halle blieb er an einem Kiosk stehen und kaufte sich eine Schachtel Zigaretten. Er zündete sich eine an und betrat den Fahrstuhl. »Zweiter Stock«, sagte er zum Liftboy.

Im Flur wimmelte es von Menschen, die zum nachmittäglichen Einerlei ihrer Arbeit zurückkehrten. Spiro brachte weitere zehn Minuten in der Nähe des Fahrstuhls zu, während es auf den Gängen allmählich leerer wurde.

Um halb drei stieg O'Connor aus dem Fahrstuhl, blickte auf dem Flur um sich und eilte dann nach links.

»O'Connor!« rief Spiro laut.

Der fuhr herum, schaute verdutzt drein und trat auf seinen Freund zu.

»Ich wollte es nur genau wissen, du Mistkerl«, sagte Spiro. Darauf holte er mit der Faust aus und schlug sie O'Connor ins Gesicht. O'Connor schrie auf und stürzte der Länge nach auf die Marmorfliesen. Spiro fühlte sich so wohl wie schon lange nicht mehr und drückte auf den Knopf »Abwärts«.

Der Sklave

Mit dem unbestimmten Gefühl, daß ihr ein Heiratsantrag bevorstand, hatte sich Inger für ihre Verabredung zum Abendessen besonders sorgfältig angezogen und zurechtgemacht, ohne sich auch nur die geringste Unpünktlichkeit zu gestatten. Corey mochte es, wenn seine Freundinnen hübsch und pünktlich und für gewöhnlich ein paar Jahre jünger waren, als Inger mit Recht von sich behaupten konnte. Aber da sie immer noch für dreißig durchging, hatte sie während der zwei Monate, in denen er ihr nun schon den Hof machte, jeden Anflug von quälender Mutlosigkeit von sich gewiesen.

Es war ein gutes Omen, daß Corey sie ins Windward eingeladen hatte. Es war teuer und intim. Kerzen flackerten. Die Martinis wurden in eisgekühlten Gläsern serviert. Nach dem Essen, bei einer winzigen Tasse Kaffee und einem großen Glas Brandy, sah er ihr tief in die Augen, seine Stimme sank um eine Oktave, und hätte nicht plötzlich ein Mann mit einem breiten, grinsenden Mund ihre Aufmerksamkeit erregt, wäre der große Augenblick vielleicht gekommen. Das Grinsen des Mannes war so barbarisch und galt so offensichtlich Corey, daß sie sicher war, er würde sie gleich stören. Sie hatte recht. Der Mann schlenderte auf ihren Tisch zu und riß Corey aus seiner Stimmung.

»Hallo, Core!« sagte der Unbekannte. »Dacht' ich mir doch, daß du das bist, aber es ist so unheimlich dunkel hier drinnen.« Er zeigte Inger lange, weiße Zähne, die sein gedrungenes, an ein Eichhörnchen erinnerndes Gesicht länger erscheinen ließen. Er hatte blaßblaue Augen, und sein dünnes, blondes Haar ringelte sich am Ende jeder Strähne. Inger warf einen kurzen Blick auf Corey, und was sie sah, traf sie beinahe wie ein elektrischer Schlag. Die Muskeln um Coreys Mund waren schlaff geworden und zitterten.

»Hallo, Ray«, sagte Corey, dann stammelte er: »Das ist Inger Flood. Inger, das ist Ray Chaffee.«

Inger murmelte: »Hallo.«

»Reizend«, sagte Chaffee und sog mit einem schlürfenden Geräusch die Luft ein. »Sehr, sehr nett, Core. Muß ja ein hübsch trautes Abendessen gewesen sein. Zu dumm, daß du jetzt gehen mußt, was?«

»Ray, um Gottes willen!«

»Aber du hast noch Glück gehabt. Ich hätte dich auch schon vorm Steak entdecken können. Es war doch Steak, nicht wahr, Miss Flood? Core hatte beim Essen noch nie viel Phantasie.«

»Wir hatten beide Steak«, antwortete Inger, fest entschlossen, sich nicht aus der Ruhe bringen zu lassen. »Ich habe auch nicht viel Phantasie.«

Das Lächeln wich einem Ausdruck blanker Bosheit.

»Na los, Core«, befahl Chaffee mit melodischer Stimme. »Mach, daß du wegkommst! Laß den Brandy stehen, ich trink' ihn für dich aus. Du bist doch hier noch kreditwürdig, nicht wahr? Sag beim Rausgehen am Tresen Bescheid, sie sollen die Rechnung auf dein Konto setzen! Na los, Core – wird's bald!«

Ingers Bestürzung schlug in fassungsloses Staunen um. Corey hatte sich erhoben.

»Inger, es tut mir leid...«

»*Leid?* Was tut dir leid?«

»Ich muß jetzt gehen«, sagte er unglücklich. »Ich ruf' dich nachher an – zu Hause.«

»Nein«, sagte Chaffee scharf. »Keine Anrufe mehr heut nacht, Core, hör auf, die Telefongesellschaft zu finanzieren! Du gehst gleich nach Hause und ab in' die Heia! Morgen – na, morgen sehen wir weiter.«

Inger schickte sich an, ebenfalls aufzustehen, aber, so unglaublich es auch war, die Hand des Fremden lag auf ihrer Schulter und drückte sie auf ihren Sitz zurück. »Sie nicht, Miss Flood«, sagte er. »Sie können sich Zeit lassen.«

»Was soll das?« fragte Inger, die schließlich zornig wurde. »Corey, würdest du diesem Herrn bitte erklären...«

»Jetzt machen Sie doch kein Theater«, fiel ihr Chaffee süffisant beschwichtigend ins Wort. Dann rutschte er auf den Platz neben ihr. Corey zögerte noch, bis Chaffee einen Arm hob und ihn mit einer gebieterischen Handbewegung hinauskomplimentierte. Corey wandte sich jäh um, wie von einer unsichtbaren Peitsche getroffen, und strebte dem Ausgang zu, wobei selbst die Falten, die sein Mantel im Rücken warf, seine innere Spannung verrieten. Inger unternahm einen erneuten Versuch, sich zu erheben, doch Chaffee bekam ihren Ellbogen zu fassen. »Bitte«, sagte er. »Im Ernst. Gehen Sie noch nicht! Es hat doch keinen Sinn, allein hier zu sitzen.«

»Ich werde weder allein hier sitzen«, schnaubte sie, »noch mit *Ihnen*. Und jetzt nehmen Sie gefälligst Ihre Hand von meinem Arm, oder ich fange an zu schreien. Mal sehen, wie das *Ihrer* Kreditwürdigkeit bekommt.«

Draußen auf der Straße war weit und breit nichts von Corey zu sehen. Sie hatte fest damit gerechnet, er würde aus einem Hauseingang auftauchen und ihr erklären, was dieser Scherz zu bedeuten hatte. Aber bis auf ein Taxi an seinem Standplatz war die Straße verwaist. Sie stieg ein.

Am Morgen weckte sie das Telefon, nicht ihr Wecker.

»Inger?«

»Scher dich zum Teufel«, murmelte sie.

»Ich sehe ja ein, daß du sauer bist«, sagte Corey. »Im Moment kann ich dir nicht erzählen, worum es ging, aber das tue ich noch, ich verspreche es. Ich wußte einfach nicht, daß Chaffee im Restaurant war; Himmel, ich wußte nicht einmal, daß er überhaupt in der *Stadt* ist! Ich war den Mistkerl sechs Wochen lang los, seine Firma hatte ihn mit irgendeinem Auftrag nach Südamerika geschickt...«

»Ach, halt doch den Mund, Corey!« fauchte Inger, während sie sich aufsetzte. »Es war ein sehr schlechter Scherz, aber ich bin noch nicht wach genug, um mir Entschuldigungen anzuhören.«

»Gehst du mit mir Mittag essen?«

»Nein.«

»Bitte, Inger.«

Sie traf ihn in einem Restaurant, von dem sie noch nie etwas gehörte hatte, in einer völlig abgelegenen Gegend. Erst als sie sich in dem dunklen Raum tastend ihren Weg zu Coreys in der hintersten Ecke verborgenem Tisch bahnte, brachte sie das obskure Restaurant mit Ray Chaffee in Zusammenhang.

»Verrat mir mal was«, sagte sie. »*Versteckst* du dich etwa vor diesem Mann?«

»Wieso?«

»Weil du dir diese *Grotte* ausgesucht hast. Sieht aus

wie ein Lokal, in dem nur portugiesische Gerber ver-
kehren. Hast du es deines *Freundes* wegen ausgesucht?«

»Sei nicht albern«, entgegnete er grinsend. »Es ist
einfach ein nettes, schummeriges Plätzchen. Wie gemacht zum Knutschen.« Er drückte ihr einen Kuß auf
den Mund, der allerdings nur halbherzig erwidert
wurde. Dann bestellte er etwas zu trinken, und ohne
ihre Frage abzuwarten, beantwortete er sie. »Also, was
da gestern abend passiert ist, war natürlich ein Gag.
Aber ein so dämlicher, daß er sich eigentlich nicht erklären läßt...«

»Versuch es!«

»Es geht um eine Art Wette, ein lächerliches Spiel,
das Chaffee und ich seit langem betreiben.«

»Aber wer ist das denn? Arbeitest du für ihn? Ist er
dein *Boss*?«

»Nein, nein, er ist nur ein Freund, im weitesten Sinn
des Wortes. Er ist Computerfachmann. Wir waren zusammen auf dem College. Chaffee, ich und noch ein
paar andere Kerle. Wir hatten da eine kleine Poker-
runde, aber weil einige geheiratet haben, hat sie sich
aufgelöst. Du weißt ja, wie das ist.«

»Nein«, sagte Inger. »Ich weiß gar nichts. Wie der
Mann dich *hinauskommandiert* hat – und erst wie du
das *hingenommen* hast, einfach abscheulich!«

Corey lehnte sich in den Schatten zurück und lachte.
Seine Heiterkeit klang echt, aber Inger war nicht ganz
überzeugt. »O Gott, ich muß wie ein Trottel ausgese-
hen haben. Aber es ging nicht anders, Schatz. Ich kann
nicht erwarten, daß du das verstehst. Alles, was ich erwarte...« Er brach ab.

»Ja?«

»Also *jetzt* erwarte ich gar nichts. Aber in zwei Minuten...«

»Was soll sich denn in zwei Minuten ändern?«

»Vielleicht eine Menge.« Er steckte die Hand in die Tasche und holte ein kleines, samtenes Kästchen heraus. Sie hielt den Atem an. Er fragte: »Erinnerst du dich noch daran, daß ich dir von der Halbverrückten erzählt habe, mit der ich mal verlobt war?«

»Leila?«

»Ja, Leila. Erinnerst du dich auch noch, daß ich dir gesagt habe, sie hätte mir den Verlobungsring zurückgeschickt?« Inger saß ganz steif da, als er das Kästchen öffnete, aber es war leer.

»Jetzt kapiere ich gar nichts«, gestand sie.

»Nein«, sagte Corey. »Ich werde dich nicht *ihren* lausigen Ring tragen lassen! Ich war heute morgen beim Juwelier und habe mit ihm einen Tausch ausgehandelt. Du kannst hingehen, wann immer du willst, und dir einen aussuchen, der dir gefällt. Das heißt, wenn du willst.«

Inger schaute von der leeren Rille im Samt zu seinem Gesicht, aber da schob sich ein anderes Bild dazwischen. Es war ein Kellner, der ein rotes Telefon brachte.

»Was, zum Teufel, soll das?« knurrte Corey. »Muß ein Mißverständnis sein.«

»Nein, Sir«, erwiderte der Kellner. »Für Sie, Mr. Jensen.«

Corey griff nach dem Hörer und meldete sich verdutzt. Ein ganzes Stück von ihrem Ohr entfernt ließ Ray Chaffees metallischer Singsang die Membrane vibrieren, und sie verstand jedes Wort.

»Sumsum, Marienkäfer«, sagte er, »flieg heim! Dein Haus steht in Flammen und deine Kinder verbrennen.«

»Ray, dich soll der Teufel holen...«

»Du bist unverschämt, alter Junge, und Unverschämtheit dulde ich nicht.«

»Was willst du? Woher weißt du überhaupt, daß ich hier bin? Sag mal, *verfolgst* du mich schon wieder, verdammt noch mal?«

»Los, Coreybaby, verzieh dich, schieb ab! Es paßt mir nicht, daß du dich da aufhältst. Ich bin genau gegenüber, auf der anderen Straßenseite, in einer Telefonzelle. Ich erwarte, daß du in zwei Minuten unter dem Vordach auftauchst. Na gut, ich gebe dir drei Minuten.«

Inger schwirrte der Kopf. »Corey«, sagte sie, »leg doch einfach auf!«

Genau das tat Corey auch. Inger dachte, der Spaß wäre nun vorbei, aber sie irrte sich. Corey knüllte seine Serviette zusammen und schob den Stuhl zurück. »Hör zu, Inger...«, begann er.

»Nein! Erzähl mir bloß nicht, daß du etwa wirklich gehen willst!«

»Ich *muß*, mein Schatz. Ich kann es nicht ändern. Da!« Er drückte ihr das Samtkästchen in die Hand. »Der Name des Juweliers steht innen. Vielleicht kannst du heute abend auf dem Heimweg mal bei ihm reinschauen...«

»Corey«, sagte sie nachdenklich, »wenn du jetzt hier hinausmarschierst und mir nicht erklärst *warum*...«

»Bestell dir was zu essen«, sagte er mit einem ängstlichen Blick auf das Fenster zur Straße. Er legte einen Zehn-Dollar-Schein auf seinen Teller. »Nimm das Roastbeef! Es ist gut hier. Ich ruf' dich an.«

»Wenn du jetzt gehst, brauchst du mich überhaupt nicht mehr *anzurufen*!«

Dennoch stürzte er hinaus.

Sie bestellte nichts zu essen. Mit dem Geld bezahlte sie die beiden Drinks, zu denen sie gekommen waren, dann verließ sie das Lokal, ohne sich um das zähneknirschende Mißfallen des Kellners zu kümmern. Im Büro packte sie gegen drei Uhr der Hunger, und sie aß einen klebrigen Nachtisch, den sie sich am Kaffeewagen gekauft hatte.

Corey tauchte an diesem Abend um halb elf unangemeldet in ihrer Wohnung auf. Sie war bereits im Nachthemd, in einem so hauchdünnen, daß es leicht provozierend hätte sein können, doch sie waren beide in einer Stimmung, die von vornherein jeden Gedanken an etwas anderes als an Gespräch und Whiskey ausschloß. Sie saßen in ihrem kleinen, unordentlichen Wohnzimmer und Corey begann zu reden:

»Okay, Inger, ich werde dir die ganze Geschichte erzählen. Ich konnte es nicht früher tun, denn das ist ein Teil der Abmachung, aber ich habe Ray getroffen, und er ist damit einverstanden. Ihm *gefiel* sogar die Vorstellung, daß du Bescheid weißt; sie verschaffte ihm einen billigen Nervenkitzel, dem spleenigen Bastard.« Er hielt inne und trank seinen Scotch aus.

Inger wartete, bis Corey erklärte:

»Ich bin sein Sklave, Inger.«

Er ging sein Glas nachfüllen und nutzte das als Vorwand, sie nicht ansehen zu müssen.

»Ich weiß, das hört sich ziemlich verrückt an, aber es ist nicht ganz so hirnverbrannt, wie du vielleicht denkst. Das heißt nicht, daß er mich auf dem freien Markt *gekauft* hätte oder daß wir irgend so eine beknackte Krafft-Ebing-Sexgeschichte miteinander hätten. Wir sind beide normal veranlagt, obwohl es verdammt komisch klingt, wenn ich das von Ray Chaffee behaupte. Ich will damit nur sagen, ich *muß* alles tun, was er von mir verlangt, jedenfalls so gut wie alles. Oh, nichts, was mir körperlich schaden würde; er kann zum Beispiel nicht verlangen, daß ich aus dem Fenster springe, das wäre wider die Regeln...«

»Die *Regeln*?« fragte Inger.

»Ich bin jetzt schon seit neun, nein zehn Monaten sein Sklave. Es dauert keine zehn Wochen mehr, dann hab ich alles überstanden. Mach dir keine Sorgen! Oft hab ich mir überlegt, was das für dich bedeutet, für *uns*, und ich war schon beinahe drauf und dran, dich überhaupt nicht mehr zu treffen, bis dieses verdammte Jahr rum ist. Aber Chaffee war fort, da dachte ich mir, ich könnte das Risiko eingehen...«

»Welches Risiko?«

»Weißt du, er war nämlich in Südamerika. Es muß ihn schier umgebracht haben, daß sie ihn ausgerechnet in der Zeit weggeschickt haben. Er fing gerade an, es zu *genießen*, daß er einen Sklaven hatte, daß er der Herr war. Er wurde von Tag zu Tag gemeiner und dachte sich immer mehr Mittel und Wege aus, um mich zu quälen.«

»Ich höre wohl nicht recht«, sagte die Frau. »Ich muß vor einer Stunde ins Bett gegangen sein, und das ist alles ein Traum.«

»Auf dem ganzen Weg hierher«, gestand Corey bedrückt, »da habe ich versucht, mir darüber klar zu werden, was schlimmer ist, wenn ich es dir erzähle oder wenn ich es dir nicht erzähle. So oder so riskiere ich, daß ich dich verliere. Möchtest du noch etwas trinken?«

»Nein.«

»Aber ich.« Corey füllte sein Glas zum zweitenmal nach. Als er zurückkam, war er bereit, ihrem Blick standzuhalten. »Inger, ich sage dir jetzt die Wahrheit. Vor ungefähr zehn Monaten saßen Chaffee und ich und noch ein paar andere Kerle, na, diese kleine Poker-und-Mädchen-Runde, von der ich dir erzählt hab...«

»Die Mädchen hast du nicht erwähnt«, wandte sie lahm ein.

»Sie haben beim Pokern nie gestört. Jedenfalls saßen wir eines Abends alle rum, pichelten ganz schön was weg und kamen irgendwie auf Sklaverei zu sprechen. Ich meine, auf heutige Sklaverei. Sie besteht ja noch, weißt du, es gibt noch immer einen beachtlichen Sklavenhandel im Nahen Osten und in solchen Gegenden. Wie dem auch sei, in einem Punkt waren wir uns einig, eigentlich in zweien. Der eine war: Ist Sklaverei nicht etwas Schreckliches? Nicht sehr originell, zugegeben, eben so, wie man hinter seiner Mutter, hinter Apfelkuchen und hinter der amerikanischen Fahne steht. Doch wir waren uns auch darin einig, daß Sklaverei für den Sklaven zwar lausig war, aber verdammt gut für den Herrn. Läßt man mal alle moralischen Betrachtungen außer acht, was war denn dann so schlimm daran, wenn man zwei oder drei Sklaven hatte? Himmel, es muß herrlich gewesen sein, machen wir uns doch nichts vor! Deshalb war die Sklaverei ja auch jahrhundertelang so beliebt, sogar in den als aufgeklärt geltenden Kulturen der Griechen und Römer. Diese Typen wußten genau, daß sie mit dem, was sie taten, moralisch im Unrecht waren, aber sie verfügten nicht über die technischen Hilfsmittel, um sich ein bequemes Leben zu machen, also verteidigten sie ihre Unsitte. Das ist doch selbst heute noch so, denk nur an all die Leute, die sich um Dienstboten reißen, all die fetten Weiber in den Frauenvereinen, die eine Hälfte ihres Lebens damit zubringen, mit ihren Dienstmädchen zu reden, und die andere Hälfte damit, über sie zu reden. Und wenn eine sagt: ›Meine kleine Bernice ist ein wahres Juwel‹, dann heißt das, sie kommt eher einer Sklavin von Anno dazumal gleich, einer niedlichen, schwarzen Sklavin aus dem Süden, als einer bezahlten Hausangestellten. Hab ich nicht recht?«

»O Gott, Corey«, wandte Inger ein, »erspar mir das Gerede über die sozialen Verhältnisse!«

»Okay, okay. Ich behaupte ja bloß, Sklaverei ist *verlockend*. Himmel noch mal, Chaffee hat darüber sogar eine Stelle bei Tolstoi gefunden, allerdings glaube ich, er hat sie erst nach unserer Wette herausgesucht.«

»Eurer *Wette*?«

»Na, davon rede ich ja, so hat alles angefangen. Wie auch immer, du weißt, daß Tolstoi so etwas wie ein russischer Heiliger in Sachen individueller Freiheit war, nur, in seinem Tagebuch, da hat er geschrieben, daß Sklaverei zwar ein Übel sei, aber ein äußerst angenehmes Übel.«

»Aber eben ein Übel, nicht wahr?«

»Gewiß, gewiß! Weil sie nicht auf *Freiwilligkeit* beruht. Sklaven suchen sich ihr Schicksal nicht aus, sie werden von Händlern aufgespürt oder von ihren Vätern verkauft, wie kleine Mädchen früher in China verkauft wurden, oder sie werden in Kriegen gefangengenommen, wie bei den Griechen und bei den Römern. Wenn es aber freiwillig geschähe, wenn diese moralische Lücke geschlossen würde...«

»Hast du das getan? Bist du *freiwillig* Sklave geworden?«

»In gewisser Weise schon«, sagte Corey. »Ja, in gewisser Weise, Inger. Jedenfalls endete der Abend damit, daß Chaffee und ich eine Art Wette schlossen. Wir waren alle ziemlich voll, aber wir setzten die Fristen fest und stellten die Regeln und die Bedingungen auf. Eine der Regeln war Verschwiegenheit, von der er mich für heute abend entbunden hat...«

»Du meinst das ernst, nicht wahr? Das ist kein Scherz?«

»Nein«, sagte er trocken, »das ist die nackte Wahrheit, Inger. Chaffee wettete, ich könnte als sein persönlicher Sklave kein ganzes Jahr durchhalten. Doch jetzt ist das Jahr beinahe um. Ich gewinne, er verliert, und die Dinge normalisieren sich wieder. Ich konnte doch jetzt nicht aussteigen, verstehst du das nicht? Ich wäre verrückt, wenn ich jetzt, nach zehn Monaten, aufgäbe. Das täte ich nicht einmal, wenn du es von mir verlangtest, nicht einmal dann, wenn du – wenn es deine Bedingung wäre, um dieses Ringkästchen zu füllen.«

»Nun, das ist ja ziemlich deutlich, nicht wahr?«

»Ich werfe diese zehn Monate nicht einfach weg. Chaffee hat mir einen Vorgeschmack von der Hölle gegeben, und vielleicht treibt er es noch schlimmer, aber ich werde ihm nicht den Gefallen tun und aussteigen, bevor das Jahr um ist.«

»Ihr seid wie kleine Kinder! Zwei dumme Jungen! Man sollte euch den Hintern versohlen!«

»Es ließ sich gar nicht so übel an«, erzählte Corey weiter, während er eingehend die Zimmerdecke betrachtete. »Chaffee war nicht daran gewöhnt, einen Sklaven zu haben. Am Anfang *bat* er mich noch, dies oder das zu tun, er war höflich, und er benutzte das Wort ›bitte‹. Seine Befehle waren alle harmlos, es waren mehr Botengänge, ich sollte für ihn in die Bibliothek gehen, ihm ein Taxi besorgen... Das war leicht getan.«

»Und dann änderte er sich?«

»Er darf nichts von mir fordern, was meine Gesundheit gefährden oder mich meinen Job oder Geld kosten würde...«

»Aber er darf dich demütigen. Das darf er tun.«

»Er darf nicht verlangen, daß ich mich, sagen wir mal, in irgendeiner Weise öffentlich zur Schau stelle. Also nichts, wofür die Polizei mich aufgreifen und auf meinen Geisteszustand untersuchen lassen würde. Aber alles andere – und ich *muß* es tun, sonst wäre ich ja nicht sein Sklave, oder? Ein Sklave leistet bedingungslos Gehorsam, das ist das A und O dabei, er kann sich den Befehlen seines Herrn nicht widersetzen. Aber Chaffee hat lang gebraucht, fast ein halbes Jahr, bis er – Vergnügen daran fand.«

»Vergnügen?«

»Ja«, sagte Corey und drehte pausenlos sein Glas zwischen den Fingern. »Vergnügen bereitet es schon, beinahe ekstatische Freude. Es ist mehr als nur die Annehmlichkeit, daß jemand tut, was man ihm befiehlt, es hat im Grunde etwas mit Macht zu tun. Deshalb stechen sich Leute doch gegenseitig aus in ihrem Kampf um Macht – politische, gesellschaftliche, wirtschaftliche oder welche Macht auch immer. Es macht Spaß, über Menschen zu herrschen, sie herumzukommandieren und nach deiner Pfeife tanzen zu lassen.«

Inger gab einen Laut der Entrüstung von sich.

»Das stimmt, mein Schatz. Ich bin zwar der Sklave, und er ist der Herr, aber ich sehe schließlich, wie sich diese neue, unmittelbare Macht über einen anderen Menschen auswirkt. Wie dem auch sei, nach sechs Monaten begann Chaffee zu begreifen, wie schnell die Zeit verflog, da packte ihn die Verzweiflung und er wurde gemein. Er befahl mir allmählich immer unangenehmere Dinge, und das immer häufiger. Das war das Ende unserer Freundschaft. Wir wurden das, was wir jetzt sind, Herr und Sklave. Nur noch das. Und da fing er an, es zu genießen.«

Inger ging auf ihn zu, ihr Gesicht war gerötet, und sie sah schön aus.

»Und du willst wirklich nicht aufgeben? Nicht einmal, wenn ich dich darum bitte?«

»Wie gesagt, hätten wir uns vor fünf oder sechs Monaten kennengelernt, bevor Chaffee anfing mit der Peitsche zu knallen, dann wäre ich vielleicht bereit gewesen – dann hätte ich vielleicht all die Monate eingebüßt, die ich schon investiert hatte. Aber jetzt nicht mehr.«

»Corey, liebst du mich?«

»Um Gottes willen, hab ich dir denn *das* noch nicht gesagt?«

Später fragte sie ihn noch einmal.

»Nein, Inger«, erklärte er ihr. »Es ist unmöglich. Hältst du etwa das, was da in den Restaurants passiert ist, für schlimm? Ich hab schon Schlimmeres erlebt. Ich hab schon jede Art von Dreckarbeit für ihn gemacht. Ich bin sein Kammerdiener gewesen, sein Butler, seine Putzfrau. Ich hab mir Nächte um die Ohren geschlagen, hab auf ganze Wochenenden verzichtet, sogar auf Mittagspausen, wenn er es wollte. Dann fing er an, mich überallhin zu verfolgen, und verlangte, daß ich alte Gewohnheiten, Vergnügungen und Freunde aufgab.«

»Frauen auch?«

»Er hat mich mit jedem Mädchen, mit dem ich ging, auseinandergebracht. Einmal, da hat er mir sogar meine Freundin ausgespannt und ihr erzählt, welche Rolle ich für ihn spiele...«

»Ich dachte, die Grundregeln...«

»Die gelten nur für mich, nicht für ihn: Der Herr braucht nichts geheimzuhalten, nur der Sklave. Und an jenem Abend, an dem er es ihr erzählte, da hat doch dieses schwachsinnige Weib...«

»Leila?«

»Ja, vielleicht hat mir Chaffee damit sogar einen Gefallen getan. Doch ich werde nie vergessen, wie er bei uns reingeschneit ist...«

»Und er hat ihr erzählt, daß du sein *Sklave* bist?«

»Er hat es ihr erzählt und bewiesen. Er hat mich auf allen vieren kriechen lassen, Inger, *vor ihr*! Und die dumme Gans hat darüber *gelacht*. Sie fand das komisch, sehr lustig; dann bat sie Chaffee darum, sie mitspielen zu lassen; sie wollte auch etwas davon haben. Und für den Rest des Abends war ich auch *ihr* Sklave, weil das nun mal dazugehört. Sobald du einem Herrn gehorchen mußt, bist du der Sklave der ganzen Menschheit.«

»Oh, Corey!« Inger drückte ihren Kopf an seine Schulter. »Wie konntest du das nur tun? Warum hast du ihn denn nicht *umgebracht*? Ich hätte ihm den Schädel eingeschlagen. Und ihr auch.«

»Gewiß, Inger, Sklaven rebellieren manchmal, darin liegt ein Teil des Reizes. Nur, ich konnte nicht mehr, verstehst du? Dazu hatte ich zuviel investiert...«

Das Telefon klingelte. Es war lang nach Mitternacht, und Ingers Telefon schwieg für gewöhnlich um diese Zeit.

»Soll ich rangehn?« flüsterte sie. »Glaubst du, es ist...«

»Ich *weiß*, daß er es ist«, sagte Corey.

Inger nahm den Hörer ab, und Ray Chaffee flötete ihr ins Ohr: »Hallo, Baby, wie geht's? Hat er sich bei Ihnen ausgeweint? Hat Ihnen unser Bübchen sein Herz ausgeschüttet?«

»Hallo, Mr. Chaffee«, sagte Inger. »Ich bin froh, daß Sie anrufen. Geradezu entzückt! Das gibt mir die Gelegenheit, Ihnen zu sagen, was ich von Ihnen halte.«

»Sparen Sie sich das!« antwortete Chaffee kühl. »Lassen Sie mich mit dem Kleinen reden!«

»Erst wenn Sie mir zugehört haben.«

»Meine Süße, Sie fallen mir auf die Nerven, und *er* muß es büßen. Kapiert?«

Inger zögerte noch, dann reichte sie Corey den Hörer.

Eine ganze Weile hörte Corey nur zu und wurde dabei immer bleicher. Dann sagte er:

»Jaja, verstanden... Okay, ich habe gesagt, daß ich es tun würde, und das werde ich auch.« Er hielt den Hörer hoch, in Ingers Richtung, aber er sah sie dabei nicht an. Monoton leierte er herunter: »Ray möchte, daß ich jetzt gehe, mein Schatz, aber er möchte nicht, daß du einsam bist. Er sagt, er würde gern herkommen und dir Gesellschaft leisten. Er meint, er wüßte, wie er dich mollig warm halten könnte.«

»*Corey!*«

»Es wäre mir sehr lieb, Inger, wenn du damit einverstanden wärst. Natürlich kann ich dich nicht dazu zwingen, aber du würdest mir damit wirklich einen Gefallen erweisen, wenn du Ray erlaubtest, jetzt herzukommen.«

Aus dem Hörer schlug ihr Chaffees trockenes, schepperndes Gekicher entgegen.

»Mach, daß du hier rauskommst!« schrie Inger. »Scher dich zum Teufel, Corey!«

»Inger, bitte! Dann sprich doch wenigstens mit ihm, sei so gut! Sprich mit ihm darüber!« Er streckte ihr das Telefon noch näher hin, doch sie wich zurück. Corey schluckte und hielt sich den Hörer wieder an den Mund.

»Na schön, du gottverdammter Mistkerl, ich hab's ihr gesagt. Aber sie will nicht mit dir reden, und darauf habe ich keinen Einfluß.« Er legte auf und wandte sich Inger zu. Seine Augen schimmerten feucht. »Hör zu, mein Schatz, ich habe versprochen, daß ich das sagen würde. Es war der Preis dafür, daß ich dir die Wahrheit erzählen durfte.«

»Hast du nicht gehört, was ich gesagt habe? Mach, daß du hier rauskommst, Corey, ich will dich hier nicht mehr sehn! Ich will dich überhaupt nicht mehr sehn. Nie mehr!«

Corey zuckte mit den Schultern. Es war keine Geste der Gleichgültigkeit; es war Resignation. Dann ging er und schloß behutsam die Tür.

Bis zum Wochenende hörte sie nichts mehr von ihm. Am Samstag nachmittag rief er sie an und sprach in verschwörerischem Flüsterton.

»Ich bin in der Frederick Gallery«, sagte er. »An der Madison Avenue. Diesmal hab ich den Spieß umgedreht. Ich hab ihm nachspioniert. Seine Wohnung liegt genau hier gegenüber auf der anderen Straßenseite, und ich habe eben gesehen, wie er sein Auto aus der Garage geholt hat. Wir können uns also unbesorgt treffen.«

»Unbesorgt vielleicht«, erwiderte sie kühl. »Aber das heißt doch nicht, daß ich auch will.«

Sie traf ihn dennoch in der Galerie, die voller Bilder war, auf denen das Meer wogte. Corey begrüßte sie mit bleichem Lächeln. »Ich hab vergessen, dir zu sagen, du sollst deine Tabletten gegen Seekrankheit mitbringen.« Anstatt darüber zu lachen, begann sie zu weinen, allerdings nicht zu laut, damit sie die übrigen Besucher nicht störte. Er zog sie in eine Ecke, schirmte sie mit einem Katalog ab und erklärte: »Hör zu, was ich mir ausgedacht habe! Die Sache mit Chaffee ist in neun Wochen vorbei. Ich werde dich bis dahin nicht wiedersehen, ich werde es nicht einmal versuchen. Er würde es doch herausfinden und alles nur schlimmer machen.«

»Neun Wochen! Corey, das ist so unfair!«

»Aber es ist die einzige Möglichkeit. Es ist besser, wenn er glaubt, wir haben uns getrennt, dann läßt er uns – dich – in Ruhe. Danach – na ja, vielleicht hast du bis dahin noch keinen anderen kennengelernt...«

»Du Dummkopf!« sagte sie theatralisch und packte ihn am Revers. »Glaubst du denn, ich *möchte* einen anderen?«

»Inger, gehen wir doch in dieses Juweliergeschäft! Jetzt gleich. Vielleicht ist es anders, wenn du meinen Ring am Finger trägst.«

Sie suchte einen schlicht gefaßten Diamanten ohne Verzierungen und Schnörkel aus. Corey fand den Ring unnötig streng, aber Inger wollte ihn so. Auf dem Rückweg erinnerte sie ihn daran, daß er ihr nie einen offiziellen Heiratsantrag gemacht hatte. Er erklärte ihr, daß er dazu unbedingt den gebührenden romantischen Rahmen haben wollte. Also schlenderten sie zu Fuß in die 59. Straße, bestiegen eine Kutsche und fuhren in den Central Park. Sie weinte die meiste Zeit, sogar noch nach dem Heiratsantrag. Sie klammerte sich an ihn und flüsterte: »Corey, komm mit mir nach Hause, laß mich jetzt nicht allein! Du hast doch diesen entsetzlichen Menschen wegfahren sehen, vielleicht läßt er uns ja in Frieden. Komm mit zu mir, Corey!«

Sie fuhren zu dem Apartmenthaus, in dem sie wohnte. In der Nähe der Markise, die den Eingang überspannte, stand ein kleines, kastanienbraunes Cabrio. Ray Chaffee saß zwar nicht am Steuer, aber Corey kannte den Wagen.

»Er ist hier, Inger. Ich gehe jetzt besser.«

»Corey, bitte! Er wartet vielleicht in der Halle oder oben im Flur. Ich habe Angst vor ihm!«

»Das brauchst du nicht. Dir kann er nichts anhaben. Falls er dich irgendwie belästigt, sagst du ihm, du rufst die Polizei. Wenn er androht, sich an mir zu rächen, dann sagst du ihm, das sei dir piepegal, wir hätten uns getrennt.«

»Wie schrecklich!«

»Ich ruf' dich an«, stieß Corey hastig hervor. Darauf wandte er sich um und ging schnell weg.

Wie sie befürchtet hatte, saß Chaffee in einem der abgewetzten, blauen Ohrensessel in der Eingangshalle.

»Guten Abend, Miss Flood. Ich möchte zu gern wissen, ob Sie wohl unseren Freund, Mr. Jensen, gesehen haben.«

»Nein«, antwortete sie. »Ich habe Ihren Freund nicht gesehen und ich möchte ihn auch nicht sehen.«

»Klappern Sie dann vielleicht gerade den Markt nach einem neuen Freund ab?« fragte er grinsend. »Ich wäre kein schlechtes Angebot. Ein bißchen eingestaubt, aber strapazierfähig.«

»Gute Nacht«, sagte sie, als der Fahrstuhl hielt, doch er legte seine Hand an den gepolsterten Rand der Tür.

»Kommen Sie bloß 'nem Komiker nicht komisch, Miss Flood! Wo verstecken Sie denn den Kleinen? Haben Sie ihn in einen Kleiderschrank gestopft oder unters Bett?«

Sie blieb stehen. Der Portier mußte irgendwo in der Nähe sein, wahrscheinlich las er gerade die neuesten Anschläge am Schwarzen Brett vor dem Lastenaufzug, aber sie überlegte es sich anders und rief ihn nicht.

»Na gut«, sagte Inger. »Kommen Sie doch mit hinauf und schauen Sie selbst nach! Ich möchte Sie ohnehin um etwas bitten.«

Er sah überrascht aus. Für einen Augenblick war es ihr gelungen, ihn aus dem Gleichgewicht zu bringen. In ihrer Wohnung fing er sich allerdings wieder und schlang einen Arm um ihre Taille. Mit einem kurzen Tanzschritt wich sie ihm aus und sagte:

»Ich möchte Sie um einen Gefallen bitten. Ich möchte, daß Sie aus dieser Wette, die Sie mit Corey geschlossen haben, aussteigen.«

Er war verblüfft und zugleich belustigt.

»Sie möchten, daß ich den Sklaven freilasse? Soll ich etwa auch eine Emanzipationsproklamation erlassen?«

»Ja«, sagte Inger. »Er hat genug von dem Spaß, und ich glaube, Sie auch.«

Erstaunlicherweise schwand das Lächeln von seinen Zügen.

»Wissen Sie was? Sie haben recht. Es ist eine echte Belastung geworden, nicht nur für den armen, alten Corey, sondern auch für mich. Es ist anstrengend, einen Sklaven zu haben, wissen Sie das? Es ist eine Verantwortung, wie wenn man eine Menge Geld erbt. Man ist dauernd genötigt, etwas damit anzufangen. Manchmal wache ich mitten in der Nacht auf und frage mich, was ich am nächsten Tag mit Corey anfangen soll. Klingt pervers, was? Aber Sie halten mich ja wahrscheinlich sowieso für pervers. Corey hat Ihnen doch sicher erzählt, wie gemein und bösartig ich bin.«

»Stimmt das vielleicht nicht?«

»Alle Herren erscheinen ihren Sklaven gemein und bösartig. Aber machen Sie sich keine Sorgen. Der alte Corey kommt schon noch auf seine Kosten.«

»Auf wieviel?« fragte Inger.

»Was?«

86

»Wie hoch sind diese Kosten? Ich bin bereit, einen Handel einzugehen, Mr. Chaffee.«

»Ich weiß nicht, wovon Sie reden.«

»Sie haben doch panische Angst davor, daß Corey dieses Jahr durchsteht. Sie können sich ja gar nicht genug Abscheulichkeiten einfallen lassen, nur um ihn dazu zu bewegen, daß er aufgibt. Aber ich habe auch einen Anspruch auf Corey. Und wenn Sie tun, was ich sage, dann sorge ich dafür, daß Sie Ihr Geld zurückbekommen.«

Er grinste wieder, als er fragte: »Ist das ein Angebot?«

»Ja. Wenn Sie die Sache abblasen – jetzt gleich –, verspreche ich Ihnen, daß Sie jeden Penny zurückbekommen, den Corey gewinnt.«

»Oh! Glauben Sie wirklich, Sie können den Kleinen um den Finger wickeln? Ist ja interessant!« Er strich sich mit der Hand über das dünne, blonde Haar, daß die kleinen Locken nur so sprangen. Dann schritt er langsam auf sie zu. »Wissen Sie was? Ich rate Ihnen, es doch mal mit einer anderen Form der Überredung zu versuchen. Sie können sich gar nicht vorstellen, wie wenig mir an Geld liegt.«

Er griff nach ihr. Sie drehte sich halb um und war plötzlich von seinen Armen umschlungen. Er war stärker, als man ihm ansah, und ihr wurde angst und bang. Sie schlug ihn mit dem linken Handrücken auf die Wange. Sie hatte schlecht gezielt und spürte, wie die Kante des neuen Diamanten ihm ins Fleisch schnitt. Das Auge verfärbte sich rot und schwoll sofort an. Chaffee stöhnte vor Schmerz und hielt sich eine Hand vors Gesicht.

»Sie haben mich verletzt«, sagte er gereizt. »Sie dummes Mädchen. Warum mußten Sie das tun?«

Er holte ein fein säuberlich gefaltetes Taschentuch hervor, preßte es an die Wange und betrachtete dann die

Blutspur auf dem Stoff. Er wurde blaß, und Inger fürchtete schon, ihm könnte übel werden.

»Sie dummes Mädchen«, wiederholte er.

Erneut drückte er das Taschentuch an die Wange, dann ging er zur Tür. Inger blickte auf den Verlobungsring hinunter, der an ihrem Finger steckte, berührte den Diamanten und sagte laut: »*Girl's best friend.*«

Inger wußte nicht, wie spät es war, als es zu klopfen begann. Sie wußte nur, daß es nicht die richtige Zeit war, um zu klopfen und einen solchen Spektakel vor ihrer Tür zu machen. Auf dem Leuchtzifferblatt ihrer Nachttischuhr sah sie, daß es kurz nach drei war. Sie tastete nach dem Morgenrock am Fußende des Bettes und wankte ins Wohnzimmer, einzig und allein mit dem Wunsch, dieses entsetzliche, schamlose Klopfen abzustellen. Sie öffnete die Tür und sah alle beide: Chaffee und Corey. Chaffee grinste furchterregend. Sein Grinsen war zu einer Grimasse verzerrt, und irgend etwas, das die verschwommene Erinnerung an einen Alptraum wachrief, entstellte sein Gesicht; da merkte sie, daß es sein Auge war. Die Wange war geschwollen und gelblich blau, die Haut glänzte und spannte. Sie wandte sich von diesem Anblick ab und schaute Corey an, wobei sie sich fragte, warum die beiden wohl in das Dunkel ihrer Nacht eingedrungen waren. Sobald sie das Wohnzimmer betreten hatten, tastete Corey nach dem Lichtschalter und überflutete den Raum mit qualvoller Helligkeit.

»Corey, was ist denn los?«

»Inger«, begann er mit erstickter Stimme und ballte dabei die Fäuste. »Gott steh mir bei, Inger, es tut mir wirklich leid. Aber das hättest du nicht tun dürfen...«

»Sag's ihr!« befahl Chaffee.

Corey streckte die Hand aus und griff nach ihrem Arm. »Inger, du hast ihn verletzt, weißt du. Du hättest ihn sogar ernsthaft verletzen können.«

»Sag ihr, wen!« verlangte Chaffee. »Wen sie verletzt hat.«

»Meinen Herrn«, sagte Corey mit zusammengebissenen Zähnen. »Schau mal, was du ihm angetan hast, Inger! Siehst du es?«

»Corey, laß mich los!« rief Inger.

»Jetzt sag ihr's schon!« drängte Chaffee. »Los, Corey, sag Miss Flood, was sie zu tun hat!«

»Sei nicht sauer mit mir, Liebling! Nach dieser Nacht werde ich nicht mehr – er hat's versprochen – nie mehr, nicht nach dieser Nacht... Wir werden dich in Ruhe lassen, beide. Aber du mußt es tun.«

»*Was* tun?«

»Es küssen«, sagte Corey. »Tut mir leid, Inger. Du mußt das Auge küssen. Du hast es verletzt, er ist wirklich schwer verletzt. *Küß das Auge, Inger!*«

Er zog sie zu Chaffee hin und drückte dabei gewaltsam ihren Kopf nahe an sein Gesicht. Chaffee grinste immer noch, nur war es kein Grinsen mehr, es war wie eine Totenmaske, ein wahrhaft sardonisches Lachen. Inger schrie und schlug auf Corey ein. Er versuchte, ihre Hände festzuhalten, und sie konnte an seinen Zügen ablesen, wie er litt. Sie verabscheute und bedauerte ihn gleichermaßen. Dann umklammerte er mit festem Griff ihre Handgelenke und rief Chaffee etwas zu. Da sackte Inger zusammen, und Corey führte sie zum Sofa. Sie schloß die Augen und hörte, wie Corey teils wütend, teils beschwichtigend weiter auf Chaffee einredete. Sie machte die Augen nicht mehr auf, bis sie Chaffee sagen hörte:

»Schon gut, Kleiner, schon gut. Du hast deine Pflicht erfüllt.«

Sie wandte den Kopf und sah, wie Chaffee auf die Tür zuschritt. Und Corey folgte ihm. Gehorsam folgte der Sklave nach getaner Arbeit seinem Herrn. Sie gingen hinaus und ließen Inger in Ruhe.

Der September verstrich und beinahe der ganze Oktober. Nur ein einziges Mal hatte sie etwas von Corey gehört. Es war ein Brief gewesen, mangelhaft getippt auf einem Bogen Geschäftspapier. Er lautete:

Inger, ich weiß, Du haßt mich jetzt. Hat es noch einen Sinn, Dir zu erklären, daß ich Dich liebe? Meine Ketten fallen am Sonntag, den 28. Oktober. Ich rufe Dich dann an. Was auch immer Du mir sagen wirst, ich werde dafür Verständnis haben. Corey.

Anfang Oktober hatte sie einen Mann kennengelernt, der ihr gefiel. Er sah gut aus und schien Geld zu haben. Er ging in einer Woche dreimal mit ihr aus und versuchte, nicht zu hartnäckig, sie am darauffolgenden Wochenende zu verführen. Als sie zu weinen begann, entlockte er ihr, daß ihr Herz einem anderen gehörte. Sie hatte versucht, sich vorzustellen, Corey sei tot, verschollen oder fortgezogen, doch er war es eben nicht. Er war noch immer da, und der 28. Oktober, der Tag der Freiheit, das Ende seiner Sklaverei, war sehr nahe. Sie sagte dem Mann, daß sie ihn nicht mehr wiedersehen würde.

Am Freitag vor dem 28. Oktober kam eine Freundin namens Sylvia übers Wochenende zu ihr; sie strichen die Wohnung neu, und ihr machte der Farbgeruch zu schaffen. Sylvia sprach die meiste Zeit von einem gewissen Leonhard, der verheiratet war, bat Inger in wehleidigem Ton um ihren Rat und schmollte, sobald Inger ihr empfahl, sich von ihm zu trennen.

Am Samstag abend, als der Alkohol ihr die Zunge ein wenig gelockert hatte, legte Inger ihre Zurückhaltung ab und erzählte Sylvia von Corey Jensen. Ihre Freundin hörte fasziniert zu und vergaß vorübergehend ihren eigenen Liebeskummer. Lautstark schloß sie sich der Überzeugung an, zu der Inger schon selbst gelangt war. »Schrecklich! Entsetzlich! Du bist besser dran ohne ihn, glaub mir!«

Aber je mehr sie über Corey sprach und je mehr Sylvia ihr beipflichtete, desto deutlicher erkannte Inger, wie sehr sie ihn vermißte.

»Meinst du, er ruft an?« fragte Sylvia mit großen Augen. »Glaubst du, er traut sich?«

»Ich weiß es nicht«, antwortete Inger.

Sylvia schlief noch, als Inger am Sonntag morgen aufwachte und erwartungsvoll auf das Telefon schaute. Gegen zwei Uhr, als Sylvia wegging, um nachmittags nur ja nicht ihr Rendezvous mit Leonhard zu verpassen, hatte es noch immer nicht geklingelt.

Um drei Uhr entschied Inger, daß ihr Stolz es nicht wert sei, sich derart auf die Folter spannen zu lassen. Sie rief in Coreys Wohnung an. Die Leitung war besetzt, und sie legte schnell wieder auf, weil sie hoffte, er würde gerade versuchen, sie zu erreichen. Nichts rührte sich. Eine Viertelstunde später hatte sie die Nummer so oft gewählt, daß ihr der Zeigefinger weh tat. Sie zwang sich dazu, eine halbe Stunde zu warten, bevor sie wieder anrief. Das Telefon klingelte, aber niemand meldete sich. Sie verwünschte sich selbst, weil sie meinte, den falschen Entschluß gefaßt zu haben.

Kurz nach vier zog sie einen leichten Regenmantel an und verließ das Haus. In einem Taxi fuhr sie zu Coreys Wohnung und bemühte sich, nicht darüber nachzudenken, ob sie dabei das Gesicht verlor oder nicht.

Inger hatte sich schon ganz darauf eingestellt, daß sie längere Zeit vor seiner Tür würde ausharren müssen, doch sie hatte Glück. Corey machte ihr auf, das Telefon wie eine Aktenmappe unter den Arm geklemmt.

»Ich hoffe, du rufst bei mir an«, sagte Inger leichthin. »Du hast es versprochen, erinnerst du dich noch?«

»Ich wollte dich anrufen, Inger, ehrlich. Es ist bloß etwas dazwischengekommen. Hör mal, laß mir eine Minute Zeit!«

»Schon gut«, sagte sie. »Ich habe ja nicht erwartet, daß du mir zu Füßen fällst. Nur hab ich noch immer deinen Ring, und ich würde gern wissen, ob du möchtest, daß ich ihn behalte.«

»Natürlich möchte ich das.« Eigentlich hätte er sie bei diesen Worten umarmen müssen, aber seine Finger klebten nach wie vor am Telefon. »Hör mal, mein Schatz, setz dich doch hin und wart 'nen Moment, bis ich mit dem Gespräch fertig bin.«

Er stellte das Telefon auf den Tisch und wählte mit fahrigen Fingern.

»Hallo, hier ist noch einmal Corey Jensen... Ja, ich weiß, aber ich habe mir gedacht, Sie könnten inzwischen etwas erfahren haben...« Seine Stimme schwoll vor Wut an. »Also, Sie arbeiten doch bei ihm, verdammt noch mal, ich dachte, er würde Ihnen vielleicht sagen... In Ordnung, richten Sie es ihm aus!«

Er knallte den Hörer auf die Gabel.

»Was ist denn los, Corey? Du siehst nicht gut aus.«

»Inger, würdest du bitte warten?« Er wählte von neuem. Sein Gesicht war feucht. Er war nicht rasiert, und Schweißtröpfchen glitzerten zwischen den Stoppeln auf seinem Kinn.

»Hallo, Marta?« meldete er sich. »Corey hier. Das ist zwar 'ne verwegene Hoffnung, aber hast du vielleicht Ray gesehen? ... Nein, ich will damit überhaupt nichts sagen, ich wollte es bloß wissen. Sag mal, ist Ronnie zu Haus? ... Nein, mach dir keine Umstände, wenn du nicht weißt, wo Ray ist, dann weiß er es schon zweimal nicht ... Nein, ich kann jetzt nicht darüber reden, ich habe es sehr eilig. Wiederhören, Marta.«

Er legte auf. Bevor er erneut wählen konnte, sagte Inger: »Jetzt reicht's, Corey! Wenn du dir zwischen deinen Anrufen nicht *eine Minute* Zeit für mich nehmen kannst, dann gehe ich besser.«

Er nahm ihre Drohung ungerührt hin und erklärte einfach: »Das verstehst du nicht, mein Schatz. Ich versuche, ihn zu finden. Er ist nicht in seiner Wohnung, und nicht einmal sein Hausmädchen weiß, wo er steckt.«

»Wer?«

»Ray Chaffee. Er ist verschwunden!« Nervös rieb er seine Hände an der Hose. »Ich glaube, er macht sich aus dem Staub, verdammt noch mal!«

»Meinst du wegen der Wette? Weil du gewonnen hast?«

Das Telefon klingelte, und er stürzte sich darauf.

»Ja, ich bin Mr. Jensen, ich habe das Gespräch angemeldet ... Hallo, Mr. Valdez! ... Hören Sie, ich muß dringend Mr. Chaffee erreichen, ich glaube, er hat für heute einen Flug bei Ihnen gebucht, aber ich weiß nicht welchen ... Ja, es geht um Leben und Tod, in seiner Familie ist jemand schwer erkrankt... Ich weiß, daß das gegen die Vorschriften verstößt, aber – was?« Seine Augen blitzten auf. »Ja, verstanden. Flug Nummer 33, planmäßiger Abflug sechs Uhr dreißig... Nein, eine Nachricht würde nicht genügen, er könnte sie für einen Irrtum halten... Ich kann rechtzeitig am Flugplatz sein... Ja, vielen Dank, Mr. Valdez!«

Er legte auf und schnappte wütend und triumphierend zugleich nach Luft.

»Es stimmt! Er will mich reinlegen! Er will nach Südamerika!«

»Corey, das verstehe ich nicht.«

»Deshalb diese Reise im Juni! Da hat er sich dort unten nach einem Job umgesehen und seinen Rückzug vorbereitet.«

»Aber warum? Hat er denn soviel Geld verloren?«

»Ich muß weg, Inger. Ich muß zum Flugplatz!«

»Ist die Lage wirklich so ausweglos für ihn? Corey, um Gottes willen, wieviel Geld war es denn?«

Er ging auf den Wandschrank zu, doch sie stellte sich ihm in den Weg.

»Geld!« schrie er. »Glaubst du wirklich, es handelt sich um Geld?«

»Aber das hast du mir doch erzählt. Diese Wette.«

»Ich habe nie von Geld gesprochen, das hast du dir selbst zusammengereimt. Und es war auch keine richtige Wette. Es war ein Tausch, ein Geschäft, ein Abkommen auf Gegenseitigkeit. Kapiert?«

»Corey!«

»Jetzt glaubst du wohl wirklich, ich bin pervers, nicht wahr? Na schön, glaub, was du willst! Ich sag dir nur eins,

94

Inger, er kommt mir nicht ungeschoren davon. Er hat sein Jahr gehabt, und jetzt kriege ich meins!«

»Ein Jahr! Willst du damit sagen, er ist jetzt ein Jahr lang – *dein* Sklave?«

»So ist es, mein Schatz. Mr. Chaffee wird seine Schuld bezahlen. Er hat mich meine bezahlen lassen, und jetzt ist er dran. Jetzt schwinge ich die Peitsche, und er wird springen. Und wenn ich ihn aus diesem Flugzeug rauszerren muß!«

Er wandte sich zur Tür, aber Inger hielt ihn am Arm fest.

»Corey, um Gottes willen, tu's nicht! Laß ihn abhauen! Du kannst nicht mit ihm dasselbe machen, was er mit dir gemacht hat – das ist zu schrecklich. Es ist unmenschlich!«

»Schluß jetzt, Inger, es ist eine weite Fahrt bis hinaus zum Flugplatz . . .«

»Corey, noch so ein Jahr könnte ich nicht aushalten, wirklich nicht!«

»Aber diesmal wäre es doch ganz anders, begreifst du das denn nicht? Diesmal ist *er* der Sklave, und ich bin der Herr . . .«

»Das kommt auf dasselbe raus. Da besteht überhaupt kein Unterschied! Unter diesen Umständen könnte ich dich nicht heiraten, das würde ich nicht ertragen. So will ich dich nicht heiraten, Corey!«

Für einen Moment stockte ihm der Atem, und seine Augen verloren etwas von ihrem fiebrigen Glanz. Dann sagte er:

»Tut mir leid, Inger. Ich kann nicht anders. Da ist jetzt nichts mehr zu machen. Es ist zu spät.«

Er lief hinaus und zog rasch die Tür zu. Bevor das Schloß zuschnappte, riß Inger sie wieder auf, und während er bereits durch den Flur zum Fahrstuhl spurtete, schrie sie ihm nach, so schrill, wie sie das selbst nie für möglich gehalten hätte:

»Geh doch! Geh ganz schnell! Geh zu deinem kostbaren Sklaven! Ich hoffe, ihr werdet sehr glücklich miteinander!«

Sie schloß die Tür hinter sich und hatte das Gefühl, daß sie nun eigentlich weinen müßte, aber sie war nicht imstande, auch nur eine einzige Träne zu vergießen, und dachte bloß: »*Ich möchte wetten, daß sie das werden! Ja, darauf gehe ich jede Wette ein!*«

Auch große Männer sind sterblich

Laßt mir diese winselnde Hündin nicht hier rein!«
brüllte Maxwell St. John in seinem Bett und schlug dabei
mit der Faust auf das Tablett, daß die Krankenhausteller
nur so klapperten. »Wenn ich das Weib noch ein einziges
Mal flennen höre, reiß ich mir die Naht auf. Verstanden?«

Miss Cassidy, die Tagesschwester, schaute entsetzt
drein. »Aber Mr. St. John, man sollte doch meinen, Sie
würden sich freuen, Ihre Frau zu sehen! Schließlich wartet
sie schon seit Stunden...«

»Wirklich, Max«, sagte Herb Devon vom Fußende des
Bettes her, »du könntest Agatha wenigstens *empfangen.*
Sie ist ganz krank vor Sorge um dich, seit sie von der
Operation gehört hat; ist den weiten Weg von Kansas City
hergeflogen.«

St. John hob den kugelkahlen Kopf vom Kissen und
warf Devon einen finsteren Blick zu. Dieser finstere Blick
war berühmt. Er war, von der Porträtkamera festgehalten,
regelmäßig auf der Rückseite dicker, langatmiger Romane
zu sehen, die von den Literaturkritikern ausnahmslos als
»amerikanische Meisterwerke« eingestuft wurden. Er war
auch in Frauenclubs von Albany bis Pasadena zu sehen,
wo er den Besucherinnen vom Vortragspodium herab
wahre Schauer über den Rücken jagte. Und er war in
dieser Woche jeden Tag auf den Titelseiten der Zeitungen
im ganzen Land zu sehen, unter Schlagzeilen wie: DER
AUTOR MAXWELL ST. JOHN UNTERZIEHT SICH EINEM
CHIRURGISCHEN EINGRIFF.

97

»Von mir aus hätte sie zu Fuß von Bulgarien herkommen können«, knurrte St. John. »Ich habe sie seit unserer Trennung nicht mehr gesehen, und ich habe auch nicht die Absicht, sie jetzt zu sehen. Eigentlich will ich überhaupt niemanden sehen. Mich kotzt sogar *dein* Anblick an.«

Devon, der sowohl sein engster Freund als auch sein Agent war, erstarrte merklich. Er war zwar an St. Johns Wutausbrüche gewöhnt, aber sein eigener Kummer über die Krankheit des Autors hatte seine Nerven so angegriffen, daß er nun überempfindlich war.

»Na schön«, sagte er kühl. »Dann gehe ich eben, wenn du willst.«

»Ich will! Ich will, daß du gehst und fortbleibst, bis ich dich rufe. Es kann sogar sein, daß ich dich nie mehr rufen werde. Und was Sie betrifft, Madam...«

Miss Cassidy erbebte. »Ja, Mr. St. John?«

»Sie sind eingestellt worden, um hier für mein Wohlbehagen zu sorgen, aber Sie sind eine Schande für Ihren Beruf. Ich will, daß Sie niemanden hier hereinlassen, verstanden? Selbst wenn der Präsident samt seinem ganzen Kabinett mich besuchen möchte, verlange ich, daß Sie sie rausschmeißen. Ich will niemanden sehen, den ich nicht unbedingt sehen muß.«

»Da unten sind ein Dutzend Leute«, schaltete sich Devon ein. »Eine Menge alter Freunde von dir, Max. Du bist nicht sehr höflich.«

»Ich brauche Gott sei Dank nicht höflich zu sein. Das ist das Privileg des Genies, oder?« Er lachte laut auf und wand sich sogleich unter den Schmerzen, die er selbst ausgelöst hatte. »Ich *leide*!« bellte er. »Könnt ihr Dummköpfe das denn nicht begreifen? Ich stehe bei Doktor Duncan noch immer auf der Liste der Patienten in kritischem Zustand.

Ich könnte *sterben*. Was kümmern mich da schon Besucher?«

»Sie brauchen niemanden zu empfangen«, bemerkte Miss Cassidy dienstbeflissen.

»Da haben Sie verdammt recht. Wer zum Teufel ist überhaupt unten?«

»Sam und Bella«, sagte Devon, »Leonhard, Ralph Cummers, dieser komische, kleine Higgins, den du früher so gern gemocht hast...«

»*Higgins?*« dröhnte St. John und richtete sich wieder auf. »Warum hast du mir nicht gesagt, daß *Higgins* hier ist? Das ist der einzige Mensch auf dem ganzen Erdenrund, der es wert ist, empfangen zu werden...«

Miss Cassidy fragte: »Wer ist Higgins?«

Devon runzelte angewidert die Stirn. »Ein Niemand.«

»Hören Sie nicht auf ihn! Higgins ist die beständigste, die strahlendste Kerze in dieser dunklen, garstigen Welt...«

»Er ist Mr. St. Johns Fan Nummer eins«, erklärte Devon. »Oder der Kriecher Nummer eins, das kommt auf Ihren Standpunkt an.«

»Behalt deine Ignoranz für dich, Herb; sie ist mir lästig; Willard Higgins ist ein treu ergebener Bewunderer, der einzige *echte* Bewunderer, den ich habe. Wäre ich ein fleißiger Beter, wäre er der einzige, für den ich beim lieben Gott ein gutes Wort einlegen würde.«

»Der muß wirklich etwas Besonderes sein«, murmelte Miss Cassidy.

»Etwas Besonderes? Einmalig ist er! Der Mann hat mir und meinem Werk sein *Leben* verschrieben. Und warum? Aus wahrer Ehrfurcht vor Geistesgröße, nur deshalb; nicht wegen irgendeines persönlichen Vorteils. Higgins kriegt keine *Prozente*, nicht wahr, Herb?«

Der Agent bekam einen roten Kopf und wandte sich zur Tür. »Ich gehe jetzt«, sagte er. »Falls du etwas von mir möchtest, kannst du...«

»O ja! Ich möchte, daß du mir Mr. Higgins herschickst, und zwar sofort.«

»Aber Mr. St. John«, wandte die Schwester ein, »ich dachte, Sie wollten keinen...«

»Sie haben richtig gehört, ich will hier keinen sehen. Aber ich werde Mr. Higgins empfangen, und ich will ihn *allein* empfangen.«

»Na gut, Max«, seufzte Herb Devon und verließ den Raum.

Wenige Minuten danach trat Willard Higgins ein. Er war ein kleiner, schäbig gekleideter Mann mit einem Schnurrbart, der nie über das Stadium eines Flaums unter seiner Nase hinausgewachsen war. Er sprach, als kämpfe er gegen eine hartnäckige Erkältung an, und hatte die Angewohnheit, die Fingerspitzen gegeneinander zu spreizen. In gedämpftem, einem Krankenhaus angemessenem Ton begrüßte er den Patienten, doch Maxwell St. John röhrte: »Higgins, Sie alter Duckmäuser! Nett, daß Sie mich besuchen kommen!«

»Wie geht es Ihnen, Mr. St. John? Ich kann Ihnen gar nicht sagen, wie traurig ich war, als ich von Ihrer Krankheit hörte...«

»Es ist eine Verschwörung, Willard, das Ganze ist eine dreckige, bolschewistische Verschwörung. Und diese Schwester da draußen, Miss Cassidy? Die arbeitet in Wirklichkeit für den russischen Geheimdienst.« Er brüllte vor Lachen über Higgins' verdutztes Gesicht, dann faßte er sich stöhnend an die Seite. »Oh, Willard, die haben mir die besten Teile rausgeschnitten.«

»Fehlt Ihnen etwas, Mr. St. John? Soll ich die Schwester holen?«

»Nein, nein, mir geht's ganz gut. Erzählen Sie mir doch, was es Neues gibt, Willard! Was macht denn der Maxwell-St.-John-Fanclub?«

»Das können Sie sich ja vorstellen«, sagte Higgins eilfertig. »Ich habe den Präsidenten aller Clubs einen Brief geschrieben und gewissermaßen den Notstand ausgerufen. Es war die Rede davon, einen Geschenkfonds für Sie zu gründen, aber das habe ich abgelehnt. Ich weiß doch, was Sie von geschliffenen Glasvasen und solchen Sachen halten.«

St. John kicherte in sich hinein.

»Aber ich muß zugeben«, sagte Higgins verlegen, »ich wollte Ihnen doch eine Kleinigkeit mitbringen. Es ist wirklich nichts Besonderes, aber Sie wissen ja, wie dankbar ich Ihnen bin, für alles...«

»Sie brauchen mir nicht dankbar zu sein, Willard. Sie sind wahrscheinlich der einzige echte Freund, den ich habe.«

»Oh, sagen Sie das nicht, Mr. St. John. Die ganze Welt ist doch Ihr Freund.« Er zog ein kleines Päckchen aus der Tasche und löste das dünne, blaue Band. In dem Päckchen war eine Schachtel und in der Schachtel ein brauner Wildlederbeutel. Aus dem Beutel angelte Higgins ein Feuerzeug mit Seitenwänden aus Porzellan, auf denen eine Jagdszene dargestellt war. »Es ist ja nur eine Kleinigkeit«, beteuerte Higgins noch einmal.

»Eine Kleinigkeit?« wiederholte St. John. »Aber das ist

wirklich sehr nett von Ihnen, Willard.« Er drehte es um und sah einen winzigen Aufkleber, auf dem ›5.98‹ stand. »Sie sollten Ihr Geld nicht für mich ausgeben, Willard; ich weiß doch, wie schlecht es Ihnen geht.«

»Na ja, es geht mir nicht allzu rosig«, räumte Higgins ein. »Aber das macht mir eigentlich nichts aus, Mr. St. John. Solange ich Ihre Freundschaft habe. Die ist mir das Wichtigste.«

»Die haben Sie, Willard, die haben Sie«, versicherte Maxwell St. John und gähnte herzhaft. »Gott, ich bin noch ganz benommen von all diesen Pillen. Haben Sie was dagegen, wenn ich einen Moment die Augen schließe?«

Der geniale Mann schloß die Augen und sank schläfrig in seine Kissen. Eine Weile lag er schweigend da, dann sagte er: »Willard?«

»Ja, Mr. St. John?«

»Würden Sie mir das untere Kissen zurechtrücken?«

»Aber natürlich.«

Liebevoll zog Willard Higgins das Kissen gerade. Der Autor schien immer noch unbequem zu liegen, deshalb schlug Higgins ihm vor: »Wie wär's, wenn ich das Kissen wegnähme, Mr. St. John? Vielleicht fühlen Sie sich dann wohler?«

»Sie haben recht, alter Freund.«

Er seufzte wieder und faltete die Hände über seinem Bauch. Dann begann er schwer zu atmen.

»Schlafen Sie, Mr. St. John?« flüsterte Higgins. »Soll ich gehen?«

»Nein, nein, bleiben Sie da, Willard! Erzählen Sie mir noch mehr vom Fanclub...«

»Ja, Mr. St. John.«

»Der einzige wahre Freund, den ich habe«, murmelte St. John.

»Ja«, hauchte Willard Higgins. Reglos saß er mit dem Kissen im Schoß auf dem Stuhl neben dem Bett. Als die tiefen Atemzüge in Schnarchen übergingen, beugte er sich wieder vor und flüsterte: »Mr. St. John?« Der Autor antwortete nicht. Da stand er auf, hielt das Kissen über den runden, kahlen Kopf und senkte es langsam, bis es beinahe den offenen Mund berührte. Im nächsten Augenblick drückte er es blitzschnell nach unten, daß es das ganze Gesicht bedeckte. Er spannte jeden Muskel seiner dünnen Arme an und preßte das Kissen links und rechts von Maxwell St. Johns Kopf so fest auf das Bett, daß die erstickten Schreckensschreie des Autors nicht lauter zu hören waren als das Zischen des Wasserdampfs im Heizkörper des Krankenhauszimmers oder das Klappern der Absätze draußen auf dem Korridor oder der an- und abschwellende Verkehrslärm, der von der Straße hereindrang. Als St. John nicht mehr um sich schlug und schlaff wurde, ließ Higgins das Kissen vorsichtig los und betrachtete sein Werk. Dann beugte er den Kopf flugs über des Autors Brust und horchte. Zufrieden damit, daß er nichts mehr hörte, stürzte er an die Tür des Krankenhauszimmers und schrie: »Schwester! Schwester! *Schwester!*«

Martin Lefcort kaute an seiner Lippe, während er sich nach vorn beugte und eingehend den Inhalt des abgewetzten Koffers auf seinem Schreibtisch studierte. Behutsam blätterte er die Schriftstücke durch, als wollte er auch ja kein einziges Blättchen der kostbaren Papiere beschädigen. Dann blickte er über den Schreibtisch hinweg Willard

Higgins an und lächelte – das Lächeln eines zufriedenen Geschäftsmannes.

»Also, das ist wirklich eine beachtliche Kollektion«, stellte er fest. »Ich wußte gar nicht, daß irgend jemand auf der Welt eine so riesige Sammlung von St.-John-Memorabilien besitzt...«

»Dazu habe ich auch viele Jahre gebraucht«, versicherte Higgins feierlich. »Mr. St. John ist ein ziemlich guter Freund von mir gewesen und hat mir oft geschrieben.« Er wippte mit den Fingerspitzen. »Ich möchte Sie eigentlich nur fragen, wieviel sie Ihrer Meinung nach wert ist...«

»Oh, das läßt sich nicht mit Sicherheit sagen, Mr. Higgins. Aber es wird eine ansehnliche Summe werden, das verspreche ich Ihnen. Erinnern Sie sich noch daran, was ich Ihnen gesagt habe, als Sie das letztemal hier waren?«

»Ja«, antwortete Willard Higgins. »Ich erinnere mich. Sie sagten, diese Papiere würden nach Mr. St. Johns Tod fünfmal soviel Geld wert sein.«

Lefcort seufzte. »Das ist wahr«, erklärte er. »Wahr und tragisch zugleich. Wie traurig, wenn man bedenkt, daß er nicht mehr unter uns weilt...«

»Ja«, versicherte Willard Higgins, Maxwell St. Johns Fan Nummer eins.

Der einzige Ausweg

W er?« fragte Harry Grafton mit einem Blick auf das nüchterne Gehäuse der Gegensprechanlage und trug dabei eine Märtyrermiene zur Schau, die reinste Verschwendung war, weil seine Sekretärin ihn ja nicht sehen konnte.

»Ein Mr. Flench von den Shawnee Fotostudios. Er sagt, es sei sehr wichtig, Mr. Grafton.«

Der Präsident der Grafton Novelty Company antwortete mit einem Seufzen, strich sich mit einer fahlen, schwammigen Hand über den rosa und silbern schimmernden Schädel und dachte wieder einmal, wie wenig die Menschen doch von den Leiden eines Geschäftsmannes wußten: von der Unbill der Arbeit, der Ungerechtigkeit der Steuern und – am allerschlimmsten – von den ständigen Anschlägen auf seine Zeit.

»Sagen Sie Mr. Flench, ich habe zu tun; sagen Sie ihm, er soll nächste Woche wiederkommen.«

»Er besteht aber darauf, Sie zu sprechen, Mr. Grafton. Er behauptet, er habe sich nur deshalb auf den weiten Weg von New York City hierher gemacht, um Sie zu sprechen.«

Der Präsident stöhnte. »Na gut, schicken Sie ihn herein!«

Der Mann, der die schwere Eichenholztür hinter sich schloß, war dünn, hatte ein Gesicht wie ein Frettchen, schwarzes, pomadig glänzendes Haar und die leuchtenden Augen eines Menschen, der mit Leib und Seele Verkäufer ist. Er trug einen braunen Umschlag in der linken Hand und streckte die rechte wie ein stoßbereites Schwert vor. Grafton ergriff sie in purer Selbstverteidigung.

»Mr. Grafton? Gut, daß Sie mich empfangen! Flench ist mein Name, Shawnee Studios, New York. Vielleicht haben Sie schon von uns gehört.«

»Nein«, entgegnete der ältere der beiden Männer. »Ich komme nicht oft nach New York.«

»Vergangenen Monat?« Eine Augenbraue rutschte hoch.

»Ja, im vergangenen Monat war ich dort. Bei einem Kongreß. Aber ich entsinne mich nicht...«

»Oh, ich glaube nicht, daß wir das Vergnügen hatten, einander zu begegnen.« Über Flenchs Züge huschte ein hintergründiges Lächeln. »Zumindest nicht von Angesicht zu Angesicht. Aber vielleicht haben wir gemeinsame Freunde.«

»Ah ja?«

Grafton blinzelte müde und sah dem Mann zu, wie er ein Stück Schnur von dem Umschlag abwickelte.

»Mr. Grafton, ich weiß, Sie sind ein vielbeschäftigter Mann, deshalb werde ich Ihre Zeit nicht vergeuden. Unsere Organisation hat sich auf Kongreßfotos spezialisiert. Wir zählen einige der angesehensten Namen aus der amerikanischen Geschäftswelt zu unserer Kundschaft. Es wäre mir eine große Freude, wenn ich Ihren Namen dieser Liste hinzufügen dürfte.«

»Fotos? Tut mir leid, Mr. Flench. Ich eigne mich nicht als Motiv. Bin nicht fotogen.« Er rang sich ein leises Kichern ab.

»Da wäre ich mir nicht so sicher. Mir gefällt zum Beispiel dieser interessante Schnappschuß, den wir im vorigen Monat von Ihnen gemacht haben, recht gut. Es ist eins dieser Porträts, die einem bei einer herkömmlichen Sitzung im Atelier doch nie gelingen. Finden Sie nicht auch?«

Er reichte einen Hochglanzabzug über den Tisch und lehnte sich zustimmungsheischend zurück. Grafton warf einen Blick darauf, und seine Kinnbacken begannen zu beben. Der Boden unter dem Drehstuhl wankte.

»Außergewöhnlich, nicht?« fragte Flench beflissen. »Unser Studio war von diesem Erfolg sehr beeindruckt. Ich hoffe, Sie sind es ebenfalls.«

Grafton war beeindruckt! Er starrte mit offenem Mund auf ein alarmierendes Bild: er, halb nackt, bloße Beine, zerknittertes Unterhemd über dem vorstehenden Bauch, Whiskeyglas in der Hand, ein Schreckgespenst in einem fremden Schlafzimmer. Und, was ihn am meisten entsetzte, was ihn geradezu niederschmetterte, das war *ihr* fast vergessenes Gesicht, der rote, vulgäre, lachende Mund, das zerzauste strohblonde Haar, die langen Beine und die ausgeprägten Kurven der Frau, deren Namen er nicht einmal mehr wußte, die ihn »Zuckerschnäuzchen« und »mein Süßer« genannt und leise geraunt hatte, sobald er sie berührte, und die sich über seine schon etwas angejahrte Leidenschaft amüsiert hatte.

»Natürlich«, so erklärte Flench, »bieten wir unseren verehrten Kunden nicht nur ein einziges Bild an. Ich freue mich, sagen zu können, daß wir über eine Serie von zwölf Fotos verfügen, von denen jedes seinen besonderen Reiz hat.« Er zog sie aus dem Umschlag. »Wir sind sicher, daß Sie auch die restlichen Bilder haben möchten, Mr. Grafton.«

Der Geschäftsmann rührte die Hochglanzfotos nicht an, während Flench sie auf seiner Schreibunterlage ausbreitete. Sein Blick huschte über diese Galerie des Schreckens, und das ungestüme Pochen seines Herzens sprengte ihm fast den Brustkorb. Er versuchte, etwas zu sagen, doch seine Zunge war bleischwer, trocken und lahm geworden.

»Was den Preis betrifft«, fuhr Flench munter fort, »sehen wir dies als eine Art Einführungsangebot an und können Ihnen einen sehr attraktiven Vorschlag machen. Die Fotos sind für dreihundert Dollar pro Stück zu haben, aber der vollständige Satz kostet nur dreitausend Dollar. Damit würden Sie fünfzig Dollar pro Bild einsparen. Als Geschäftsmann dürften Sie, Mr. Grafton, das sicher verlokkend finden.«

Der Präsident antwortete nicht.

»Ich möchte Sie keineswegs drängen, Mr. Grafton, aber ich muß vor drei Uhr wieder in der Stadt sein. Das verstehen Sie doch.«

Der Ältere der beiden riß seine Augen von dem furchtbaren Anblick los. »Sie kennen sie«, sagte er heiser. »Sie kennen diese Frau. Sie waren die ganze Zeit über in der Wohnung.«

»Wenn Sie nichts dagegen haben, Mr. Grafton«, die Stimme klang jetzt etwas härter, »ich habe es wirklich sehr eilig und würde gern so schnell wie möglich zu einem Abschluß kommen. Unsere Verkaufsabteilung glaubt nämlich, noch einen anderen Kunden für diese Fotos zu haben, just hier in der Stadt. Sollten Sie nicht daran interessiert sein, müßte ich diesen potentiellen Käufer noch heute vormittag aufsuchen.«

»Welchen Käufer?«

Flench lachte. »Also wirklich, Mr. Grafton. Wenn Sie vor denselben Vertriebsproblemen stünden wie ich, würden Sie sicher dieselbe Marktchance erkennen. Ich dachte natürlich an Ihre Frau.«

»An meine Frau?«

»Das wundert Sie doch nicht etwa?«

»Nein.« Grafton schüttelte den Kopf und stemmte sich aus seinem Drehstuhl hoch. »Nein, natürlich nicht.«

»Dann darf ich wohl annehmen, daß wir jetzt gleich handelseinig werden. Unsere Gesellschaft zieht Bargeld einem Scheck vor, Mr. Grafton.«

»Nein, Mr. Flench.«

»Wie bitte?«

»Ich sagte nein.« Der Präsident stützte sich mit beiden Händen auf den Schreibtisch. »Kein Geld. Weder in bar noch als Scheck. Nichts.«

Die leuchtenden Augen veränderten ihren Ausdruck, funkelten kurz und strahlten dann heller denn je.

»Wenn das Ihr Entschluß ist...«

»Ja. Aber es ist nicht der einzige.«

»Das heißt?«

»Wissen Sie eigentlich, was Sie getan haben, Mr. Flench? Wissen Sie, wozu Sie mich zwingen?«

»Ich verstehe nicht.«

Grafton schloß die Augen.

»Sie haben heute morgen meinem Leben ein Ende gesetzt, Mr. Flench. Sie haben mich vernichtet.«

»Aber, aber...«

»Das meine ich ernst. Sie sind hier hereinspaziert und haben mich vernichtet. Ich bin ein toter Mann, und das ist Ihre Schuld.«

Mr. Flench grinste von neuem. »Ich glaube, wir sind da ein bißchen melodramatisch, Mr. Grafton.«

»So, glauben Sie? Dann werde ich Ihnen mal was sagen. Ich bin aus einem bestimmten Grund zu diesem

Kongreß nach New York gefahren, Mr. Flench. Ich bin hingefahren, um Verbindung zu alten Geschäftsfreunden aufzunehmen, zu Freunden, von denen ich mir Aufträge erhofft hatte. Ich brauchte diese Aufträge. Ohne sie könnte ich den Kopf keine sechs Monate mehr über Wasser halten. So schlecht laufen die Geschäfte.«

Flench schnalzte mitfühlend mit der Zunge.

»Aber ich hatte keinen Erfolg. Ich bekam keine einzige Zusage, nichts, womit ich mein Unternehmen retten könnte. Deshalb habe ich mich so betrunken und bin bei dieser Frau gelandet. Und deshalb bin ich in diese heikle Lage geraten. Doch das ist nicht das Entscheidende. Das Entscheidende ist, daß ich weiß, daß Sie sich mit dem Geld, das ich Ihnen jetzt geben kann, nicht begnügen werden. Ich weiß, daß Sie in ein paar Wochen, in einem Monat – wiederkommen.«

»Darüber würde ich mir jetzt keine Sorgen machen, Mr. Grafton.«

»Aber es stimmt doch, oder? Das ist nur der Anfang. Sie verkaufen mir diese Bilder, und dann kommen Sie mit weiteren Abzügen wieder. Sie werden mehr Geld verlangen und immer noch mehr, bis ich keinen roten Heller mehr habe. Sie werden mir alles abknöpfen...«

Flench runzelte die Stirn. »Ich bin wirklich in Eile, Mr. Grafton.«

»Und welche Alternative habe ich denn? Wenn ich Ihnen das Geld nicht gebe, gehen Sie zu meiner Frau. Wir sind seit achtundzwanzig Jahren verheiratet. Ich liebe sie mehr als mein Leben. Wir haben zwei erwachsene Kinder. Ihre Achtung und Zuneigung sind das Kostbarste, was ich besitze. Falls ihnen diese Fotos gezeigt würden...« Er schwankte leicht.

»Dann verstehen wir uns ja«, sagte Flench. »Da gibt es im Grund keinen anderen Ausweg.«

»O doch! Einen einzigen. Sie haben mir keine andere Wahl gelassen.«

Die schwammige Hand des Präsidenten zog eine Schublade des Schreibtisches heraus, kramte darin und tauchte mit einem Revolver wieder auf.

Flench machte große Augen.

»Wissen Sie eigentlich, was Sie tun?«

»Das einzige, was ich tun *kann*. Das dürften selbst Sie begreifen, Mr. Flench. Die Waffe ist nur ein technisches Detail. Ich war bereits in dem Moment tot, in dem Sie diesen Umschlag geöffnet haben.«

Der Mann aus New York stand auf. »Machen Sie keine Dummheiten, Mr. Grafton! Stecken Sie das Ding da weg und lassen Sie uns wie vernünftige Geschäftsleute darüber reden!«

»Darüber gibt es nichts mehr zu reden.«

Flench fuhr sich schnell mit der Zunge über die Lippen. »Was werden Sie jetzt tun?«

»Was könnte ich denn sonst tun? Ich werde mir natürlich das Leben nehmen. Aber vorher werde ich dafür sorgen, daß Sie keinem mehr das antun können, was Sie mir angetan haben. Deshalb werde ich zuerst Sie erschießen.«

»Sie sind verrückt geworden!« Die leuchtenden Augen schielten hastig nach der Tür und nach den Fenstern.

»Ich bin bei klarem Verstand, Mr. Flench. Das ist der einzige vernünftige Ausweg, der mir geblieben ist.«

Der Sicherungshebel klickte ...

»Sie haben mich mißverstanden«, sagte Flench, und die Verbindlichkeit war aus seiner Stimme gewichen. »Ich hatte nicht die Absicht wiederzukommen. Alles, was ich haben wollte, waren die dreitausend – ich hätte die Negative vernichtet...«

»Meinen Sie etwa, das glaube ich Ihnen? Ich kenne Ihren Typ, Mr. Flench. Sie lassen mich nie und nimmer in Ruhe, bis ich eine Leiche bin. Nun, das wird jetzt nicht mehr lange dauern.«

Er hob den Arm und richtete die Mündung des Revolvers auf die Stirn des jungen Mannes.

»Nein, warten Sie!« Flench wich zurück und stieß gegen den Stuhl, der hinter ihm stand. »Bitte warten Sie, Mr. Grafton! Ich schwöre Ihnen, das hab ich nicht gewollt! Ich schwör's Ihnen!«

»Es ist zu spät, Mr. Flench.«

»Da schaun Sie!« rief er, während er in seine Brusttasche faßte. »Die Negative! Ich habe die Negative bei mir! Die können Sie auch kaufen, Mr. Grafton. Alle!«

»Ich werde überhaupt nichts kaufen, Mr. Flench.«

»Sie können sie haben!« schrie Flench und schleuderte die Negative auf den Schreibtisch. »Sie können alles haben! Nur erschießen Sie mich nicht, um Gottes willen! Erschießen Sie mich nicht!«

Langsam ließ Grafton den Revolver sinken.

»Na gut«, sagte er bitter. »Na gut.«

Er griff nach den Negativen, zählte sie und ließ sie aus den Fingern auf den Boden gleiten.

»Und jetzt raus hier!« rief Grafton. »Raus jetzt!«

Flench wartete keine weitere Aufforderung ab. Er drehte sich um, rannte zur Tür und schlug sie hinter sich zu.

Grafton sah ihm nach und stierte mit unbewegter Miene auf das massive Eichenholz. Dann hob er den Revolver

wieder und drückte versonnen auf den Abzug. Aus dem
Lauf schoß ein Stoffähnchen heraus mit der Aufschrift:
»PÄNG!«

Ich gelobe zu töten

Eine Zeitlang dachte er, eine Uhr und ein Kalender würden ihm genügen. Die Uhr saß in einem Steuerrad auf dem Kaminsims des Hotelzimmers. Der Kalender war ein Abreißblock auf dem Hotelschreibtisch. Doch nach einer Weile reichte es ihm nicht mehr, an ihnen abzulesen, wie die Zeit verrann, um der dumpfen Niedergeschlagenheit oder des lodernden Zorns Herr zu werden, die ihn seit der Gerichtsverhandlung immer wieder überkamen. Er brauchte einen Menschen; er mußte mit jemandem reden.

Eines Morgens, zwei Wochen nach der Urteilsverkündung, griff er zum Haustelefon des Hotels Grange:

»Hier ist Mr. Lenrow von Zimmer 406. Ich möchte ein Ferngespräch mit Mr. Paul Manson in Port Allen, New York, anmelden. Die Nummer ist Ridgefield 500.«

»Sofort, Mr. Lenrow.«

Ein Summton, Warten, ein Klingelzeichen und wieder Warten, dann war Paul am Apparat und meldete sich mit seiner ungewöhnlich klangvollen Stimme, die einen wärmte und einem so guttat wie heißer Kaffee an einem kalten Morgen.

»Hallo, Harv! Ich dachte schon, dich hätte der Erdboden verschluckt oder so was. Wo steckst du denn?«

»In der Stadt. Als es vorbei war, konnte ich einfach nicht mehr länger da rumhängen, Paul. Ich hab gedacht, wenn ich mich ganz allein auf und davon mache...«

»Ja sicher, das verstehe ich. Wo bist du jetzt?«

»In einem Hotel, das Grange heißt, in der 23. Straße. Es

ist nicht gerade das Waldorf. Hör mal, Paul, falls du vorhaben solltest, in den nächsten Tagen in die Stadt zu kommen, könntest du ...«

»Ich wollte gerade heute nachmittag reinfahren. Hab was am Bezirksgericht zu tun, eine Eigentumsübertragung. Und wenn wir gerade beim Thema sind, Harvey, es stehen noch ein paar geschäftliche Dinge an, über die wir uns gleich unterhalten könnten.«

Harvey Lenrow schloß die Augen. »Nein«, sagte er, »darüber möchte ich nicht sprechen. Nicht jetzt.«

»Ich weiß, wie dir zumute ist, aber ich glaube, das sollten wir trotzdem tun. Dolores hatte eine Menge Kapitalanlagen auf ihren eigenen Namen, und wenn du die Testamentsvollstreckung nicht blockieren willst ...«

»Die interessiert mich nicht! Jetzt nicht! Nicht, bevor es vorbei ist.«

»Aber es *ist* vorbei, Harvey. Ganz und gar vorbei.«

»Nein!« Er öffnete die Augen wieder und ließ sie über den aufgeschlagenen Kalender gleiten, dann über das kahle Zifferblatt der Uhr. »Es ist nicht vorbei«, flüsterte er. »Nicht vor dem neunzehnten. Erst wenn *er* tot ist.«

Schweigen. Schließlich sagte sein Freund ruhig: »Na schön, dann sprechen wir eben nicht darüber. Sprechen wir worüber auch immer du willst. Wie wär's heute abend, nach acht?«

»Gut. Nach acht.«

Er legte den Hörer auf. Dann ging er zum Kalenderblock und strich mit den Fingerspitzen über die schwarze VIER auf dem obersten Blatt. Die Hand ballte sich zur Faust, und er schlug wütend auf den dicken Block.

»Beeil dich! « sagte er laut und grimmig. »*Beeil dich!*«

Er setzte sich auf die Couch und hielt sich die Hände vor die Augen. Aber es nützte nichts; kein Dunkel war tief genug, um die leuchtenden Bilder von Dolores und Sally und von Willy Lawber in seinem Gedächtnis zu überschatten. Die Bilder der Toten und des noch Lebenden, der bald sterben würde, der Unschuldigen und des Schuldigen, der Geliebten und des Verhaßten.

Dolores! Konnte er es wirklich glauben, daß eine niederträchtige Hand das Lachen in ihrer Kehle erstickt hatte? Daß ihre Katzenaugen (mal Kätzchen, mal Tiger) für immer geschlossen waren? Daß Staub ihren Mund füllte und Verwesung ihre Glieder zersetzte? Daß Dolores, seine Frau, tot war?

Und Sally! Die ernste kleine Sally! Er sah noch, wie sie schmollend das Mündchen verzog und die Stirn runzelte; erwachsener als ihre Mutter und doch erst vier Jahre alt. Aber abends, beim Zubettgehen, da war sie in den Armen ihres Vaters wieder ganz das kleine Mädchen gewesen und hatte über sein falsch gesungenes Schlaflied gekichert. War Sally wirklich tot? Erst vier Jahre alt und schon tot?

Im düsteren Zimmer des Hotels Grange versuchte Harvey Lenrow zu weinen. Aber ihm kamen keine Tränen. Er dachte an Willy Lawber.

Bei der Verhandlung hatte er ihn zum erstenmal gesehen und mit Staunen festgestellt, daß er sich ein falsches Bild von ihm gemacht hatte. Er hatte sich Willy Lawber anders vorgestellt; er hatte einen Tölpel mit schlurfendem Gang und offenstehendem Mund erwartet, einen schlaksigen, höhnisch grinsenden, triefäugigen Schwachkopf mit langsamem Verstand und bar menschlicher Regungen. Aber er hatte nur zum Teil recht gehabt. Der Willy Lawber, den er im Gerichtssaal zu Gesicht bekommen hatte, war ein schlanker, hochaufgeschossener junger Mann, mit glattem blondem Haar, das in eine niedrige Stirn fiel und einen Schatten auf runde, ausdruckslose Augen warf. Er hatte einen Schmollmund wie ein Kind, fast wie Sally. Aber er war stark und muskulös; er hatte den wohlgeformten Kopf in den Nacken geworfen, in einen dicken Nacken über breiten Schultern. Die großen Hände, die er auf dem Tisch fest aneinandergepreßt hatte, waren hart und zu plötzlicher Brutalität fähig. Als man ihn in den Zeugenstand gerufen hatte, da hatte nicht der leiseste Spott in seiner Stimme gelegen; er hatte Angst gehabt. Doch aus dem Geständnis seiner Greueltat war kein Bedauern herauszuhören gewesen. Nur Angst, Angst um sein eigenes, erbärmliches Leben. Willy Lawber hatte gemordet, gemetzelt und gemordet, dennoch hatte er nun Gnade erhofft.

Harvey wußte nicht mehr viel von der Verhandlung. Nur noch die Schlußworte, die Briggs als Vertreter der Anklage gesprochen hatte, und die Worte des Richters, der nach dem unausweichlichen Schuldspruch das Urteil verkündet hatte.

»Meine Damen und Herren Geschworenen...« (Briggs hatte ganz sachlich geklungen; Harvey hätte sich einen Gefühlsausbruch gewünscht, aber Briggs war ruhig geblieben.) »Ich mute Ihnen keine ausführliche Rekapitulation der Beweisführung zu. Die Fakten einschließlich des Geständnisses des Angeklagten lassen keinen Zweifel zu. Bei der Frage, vor der Sie stehen, geht es nicht um Schuld oder Unschuld, sondern nur um die Beweggründe, aus denen Willy Lawber schuldig geworden ist. War der Tod von Mrs. Harvey Lenrow und ihrer Tochter Sally die Folge einer rohen, vom Angeklagten vorsätzlich begangenen Mordtat, oder war er, wie die Verteidigung behauptet, die unglückselige Folge von Mißverständnissen, Angst und blindem, panischem Entsetzen eines geistig schwerfälligen Botenjungen? Ich bitte Sie, dieser letzten Auffassung nicht zu folgen, verwerfen Sie sie angesichts des wahren Sachverhalts, wie Willy Lawber ihn selbst diesem Gericht geschildert hat. Und wie war der wahre Sachverhalt? Willy Lawber betrat am Vormittag des siebten Februar unter dem Vorwand eines Botendienstes das Haus der Lenrows in Port Allen im Staat New York. Dort traf er die attraktive Mrs. Lenrow allein mit ihrem vierjährigen Kind an und redete sich mit seinem schwachen Verstand ein, sie würde auf seine Annäherungsversuche eingehen. Er unternahm diese Annäherungsversuche und wurde abgewiesen. Wutentbrannt würgte und tötete er Mrs. Lenrow. Als das Kind beim Anblick seiner brutalen Tat vor Angst zu schreien anfing, griff er nach einem Küchenmesser und tötete auch das Kind. Dann floh er aus dem Haus der Lenrows, fuhr mit einem Nachmittagszug in die Stadt und ließ den Schauplatz des Grauens so zurück, wie Harvey Lenrow, der Ehemann und Vater der beiden Ermordeten, ihn später vorfand.« (Darauf hatte Briggs dem Obmann der Geschworenen in die Augen gesehen.) »Jetzt frage ich Sie, meine Herren, die Sie selbst Ehemänner und Väter sind, können Sie sich vorstellen, wie Ihnen zumute wäre, wenn Sie nach Hause kämen und sich Ihnen – ein solcher Anblick böte?«

Mehr hatte Briggs nicht zu sagen brauchen. Es hatte gereicht. Die Geschworenen hatten Willy Lawber in weniger als fünfzehn Minuten schuldig gesprochen und die Höchststrafe gefordert.

Das Urteil war am nächsten Tag verkündet worden:

»William Lawber, die Geschworenen, Bürger dieser Stadt, haben Sie des vorsätzlichen Mordes für schuldig befunden... Ich verurteile Sie zum Tode auf dem elektrischen Stuhl. Sie werden in das Staatsgefängnis von Peakstown, New York, gebracht, wo das Urteil an einem von der Gefängnisleitung zu bestimmenden Tag vollstreckt wird...«

Harvey nahm die Hände vom Gesicht, und wie immer wurde sein Blick vom Kalender angezogen.

Der Tag der Hinrichtung war inzwischen festgesetzt worden, und er sehnte ihn herbei.

Es war der neunzehnte.

Um halb neun stieß Paul Manson, sein enger Freund und Anwalt, die nicht verschlossene Tür des Hotelzimmers auf und fand ihn schlafend vor.

Als Pauls Hand ihm an die Schulter tippte, setzte Harvey sich auf und blinzelte verwundert. Dann fiel ihm ihr Gespräch wieder ein und er sagte: »Ich bin froh, daß du gekommen bist, Paul. Ich war drauf und dran, langsam durchzudrehen...«

»Du siehst zum Fürchten aus«, stellte sein Freund aufgeräumt fest. »Du könntest dich wenigstens rasieren. Du siehst aus wie ein Polarforscher.«

Harvey faßte sich ins Gesicht. Es war eigentlich das Gesicht eines jungen Strahlemanns, ein Gesicht, das sich bei Cocktailempfängen in den Salons von Manhattan oder am unteren Ende von Konferenztischen in den Büros an der Madison oder Fifth Avenue sehen lassen konnte. Aber nicht jetzt. Jetzt überzogen wirre Stoppeln das Kinn und die Wangen, und die Haut war grau.

»Ich war nicht ein einziges Mal draußen«, sagte er. »Seit

ich hier eingezogen bin. Ich habe einfach hier gesessen und gewartet.«

»Das war das Schlimmste, was du tun konntest. Ich habe geglaubt, du würdest vernünftiger sein.«

»Gott steh mir bei, ich hab's versucht, Paul.«

Paul Manson setzte sich und zündete sich eine Zigarette an. Er war ein stattlicher Mann, stattlicher denn je in einem Anzug aus dickem Tweed und mit golfplatzgebräuntem Teint. Er sah gut aus, obwohl sich sein Haar an den Schläfen allmählich lichtete. Mit ihm war ein spürbarer Hauch von Realität ins Zimmer geweht.

»Hör zu, Harvey!« Er legte die Stirn in tiefe Falten. »Du bist durch die Hölle gegangen. Ich weiß, daß es mir nicht zusteht, dir gute Ratschläge zu geben. Aber du mußt eine Entscheidung treffen, jetzt gleich. Du kannst dir dein Leben von all dem kaputtmachen lassen oder du kannst versuchen, darüber hinwegzukommen. Das mußt du selbst entscheiden.«

Harvey antwortete nicht.

»Als wir vor ein paar Wochen in Port Allen miteinander gesprochen haben, da hast du dich noch ganz vernünftig angehört. Da hast du geglaubt, du würdest damit fertig werden. Aber dann verläßt du auf einmal dein Zuhause und vergräbst dich in dieser Absteige ...«

»Ich konnte nicht mehr in diesem Haus bleiben, Paul.«

»Das verstehe ich ja. Aber ich bin dein Freund, Harvey, und ich will ganz offen mit dir reden. Dieser Willy Lawber – er hat alles zerstört, was du geliebt hast. Aber paß auf, daß er nicht vollends den Sieg davonträgt, Harvey! Mach dich nicht selbst zu seinem letzten Opfer ...«

»Ich werd's schon schaffen«, erklärte Harvey und sah

seinem Freund in die Augen. »Ich komm' wieder ins Lot, Paul. Nach dem neunzehnten.«

Der Anwalt stand auf und trat ans Fenster. Ein Stockwerk unter ihnen prangte der Name des Hotels auf einem flimmernden, leuchtenden Neonschild, das einen schwachen Lichtschein auf Mansons angespanntes Gesicht warf.

»Genau darauf will ich hinaus, Harv. Es wird keinen neunzehnten geben.«

Die Uhr auf dem Kaminsims tickte laut.

»Was sagst du da?«

»Es wird keinen neunzehnten geben. Du tätest gut daran, dich jetzt gleich mit dieser Tatsache abzufinden. Es hat keinen Sinn mehr, die Tage und Stunden zu zählen.«

»Du bist nicht ganz bei Trost! Lawber wird am neunzehnten hingerichtet. Dieser Termin ist doch festgelegt worden...«

»Ich weiß, Harv.«

Harvey erhob sich langsam von der Couch.

»Was soll dann das Gerede?« fragte er.

»Ich sag's dir, wie's ist. Ich bin nicht aus dem Grund, den ich dir genannt hab, in die Stadt gekommen, sondern weil ich mit ein paar Freunden reden wollte, mit Vertrauten des Gouverneurs. Ich hab neulich ein Gerücht aufgeschnappt und wollte es genau wissen. Ich bin ihm nachgegangen.«

»Was für ein Gerücht?«

»Über Lawbers Gnadengesuch. Der Gouverneur hat ihm mit Rücksicht auf Lawbers beschränkten Verstand stattgegeben. Sie wandeln das Todesurteil in lebenslänglich um.«

»Was? *Was?*«

»Reg dich nicht auf, Harv! Ich weiß, daß dich diese

Nachricht hart trifft, so wie dir zumute ist. Aber das *Argument* mußt du einsehen. Mag ja sein, daß der Junge nicht gerade schwachsinnig ist, aber er hat einfach nicht die geistigen Fähigkeiten...«

Harvey packte seinen Freund am Arm; es lag etwas Gewalttätiges in seinem Griff.

»Das können sie doch nicht tun! Das dürfen sie nicht! Er hat sie umgebracht, niedergemetzelt – Dolores und Sally...« Er rang nach Atem.

»Reg dich nicht auf, Harv! Lebenslänglich ist auch kein Vergnügen. Das sollte für dich keinen so großen Unterschied machen...«

»Keinen großen Unterschied?« Seine Augen sprühten. »Das ist der entscheidende Unterschied! Glaubst du etwa, ich kann so weiterleben, Paul? Wenn Lawber quicklebendig ist? Wenn er herumläuft, sich unterhalten und Witze reißen kann?«

»Harvey, hör zu...«

»Sag mir nicht, ich soll zuhören! Ich kann nicht atmen, solange er atmet, Paul! Ich kann meine Augen nicht aufmachen, solange seine noch offen sind. So hilf mir doch, Paul! Solange er am Leben ist, werde ich nicht – kann ich nicht...«

Er kehrte zur Couch zurück. Die Tränen, die hinter seinen trüben Augen gebrannt hatten, flossen jetzt.

Paul Manson schwieg, bis sein Freund nur noch reglos und still auf der Couch saß. Dann ging er auf ihn zu und tippte ihm auf die Schulter.

»Schon gut«, sagte Harvey. »Ich habe nur nachgedacht.«

»Harv, ich möchte nicht, daß du eine Dummheit machst...«

»Das hab ich nicht vor, Paul. Ich will etwas Vernünftiges tun. Ich werde Willy Lawber töten.«

»Rede keinen Unsinn!«

»Tu ich ja nicht. Das ist das einzige, was ich jetzt machen kann, Paul. Ich muß diese Bestie umbringen oder meinem eigenen Leben ein Ende setzen. Es muß sein. Du kannst mir helfen, Paul. Aber ob du mir hilfst oder nicht – ich werde es tun.«

»Du bist außer dir, Harvey. Das ist der Schock, weil du erfahren hast...«

»Du kannst das als Gelübde betrachten. Diese Bestie darf nicht weiterleben! Schließlich sind sie tot!«

»Der Mann ist im Gefängnis. Du kommst nicht einmal in seine Nähe. Selbst wenn du das wolltest...«

»Es muß eine Möglichkeit geben. Es sind eine Menge Dinge möglich, Paul, das weißt du. Man braucht nur den festen Willen dazu – und das nötige Geld. Ich habe beides.«

»Dann läßt du mich vielleicht doch deine Testamentssache da klären, Harvey. Das ist das erste vernünftige Wort, das ich heute abend von dir gehört hab.«

»Aber sicher.« Er lächelte. »Sicher, Paul, das klären wir. Ich werde das Geld brauchen. Was ich vorhabe, könnte teuer sein.«

Der Anwalt schüttelte den Kopf. »Du redest Unsinn, Harvey. Ich kann zwar gut verstehen, wie dir zumute ist, aber du redest dummes Zeug. Selbst wenn du das, was du androhst, wirklich tun wolltest, wüßtest du gar nicht, wo du ansetzen solltest. Du hast noch nie mit solchen Dingen etwas zu tun gehabt.«

»Nein, ich nicht. Aber du, oder?«

»Ich weiß nicht, was du meinst.«

»Du warst doch mal Strafverteidiger. Du kennst Leute. Du könntest mir helfen, wenn du wolltest.«

»Tut mir leid, Harv.«

»Du sagst, du bist mein Freund. Nun, jetzt kannst du es beweisen, Paul. Hilf mir, diese Bestie umzubringen! Hilf mir!«

»Das würde gar nichts beweisen ...«

»Mir schon! Ich fordere sein Leben um Dolores' und Sallys willen und um meinetwillen! Jetzt liegt die Entscheidung bei dir, Paul. Wessen Leben willst du retten? Das von Lawber oder meines?«

Im Gesicht des Anwalts, einem dunklen Oval im Dämmerlicht, regte sich nichts.

»Das ist das Verrückteste, was ich je gehört hab. Du kannst doch nicht im Ernst sagen wollen, daß du dir das Leben nimmst, wenn ...«

»Genau das will ich damit sagen«, erklärte Harvey.

»Du bringst mich da in eine furchtbare Lage. Ich weiß nicht, was ich tun soll.«

Am Morgen schaute Harvey Lenrow zum erstenmal seit Wochen in einen Spiegel und sah die Folgen seines stummen Leidens. Sein Gesicht war eingefallen, die Haut grau, Haare und Bart waren struppig, aber dennoch war sein Blick ruhiger und entschlossener als jemals seit dem Mordtag.

Er duschte und rasierte sich sorgfältig. Dann ging er zum Friseur im Erdgeschoß, ließ sich die Haare schneiden, die Fingernägel maniküren und setzte sich unter eine Höhensonne. Im Speisesaal des Hotels nahm er seine erste anständige Mahlzeit seit nahezu einem Monat ein.

Dann winkte er ein Taxi heran und nannte die Adresse

des Treffpunkts im Süden von Manhattan, den sein Anwalt ausgesucht hatte. Es war eine Bar, die Petey's hieß, mit einer verrußten Fassade. Der Barkeeper kümmerte sich nicht um den morgendlichen Besucher und räumte unbeirrt seine Gläser unter den Tresen, ohne auch nur aufzublicken.

Harvey eilte sofort nach hinten, in einen Raum, in dem es durchdringend nach Desinfektionsmittel und frisch gezapftem Faßbier roch. Paul war schon da, saß in einer Nische, unterhielt sich aber nicht mit dem Mann ihm gegenüber.

Paul stellte den Mann als Joe Lotts vor, und Harvey reichte ihm nicht einmal die Hand. Lotts war klein, hatte ein nervöses Zucken um den Mund, einen Teint, als habe er die Gelbsucht, und Augen, die keinem Blick standhielten. Er war gut gekleidet, doch der Anzug aus weichem, grauem Wollstoff sah an ihm wie geborgt oder gestohlen aus.

»Ich habe Mr. Lotts eben von dir erzählt«, erklärte Paul im Tonfall eines Geschäftsmannes. »Mr. Lotts war vor ein paar Jahren mal mein Klient, als ich noch meine Praxis in der Stadt hatte. Mr. Lotts ist im Transportgewerbe tätig.«

»Schön«, murmelte Harvey undeutlich.

»Und jetzt zum Wesentlichen, Harvey. Mr. Lotts hat einen Bruder, Barney. Leider hatte Barney seinerzeit nicht das gleiche Glück wie sein Bruder.« Er kicherte in sich hinein. »Um die Wahrheit zu sagen, Barney hatte das Pech, für einen bewaffneten Raubüberfall zehn Jahre zu kriegen. Die sitzt er jetzt gerade ab, in Peakstown. Das stimmt doch, Mr. Lotts?«

»Jaja, das stimmt«, sagte der Mann und sammelte dabei auf der Tischdecke Krümel ein.

»Ich habe Barney nie kennengelernt, aber Mr. Lotts hat mir von ihm erzählt. Der Beschreibung nach vermute ich, daß Barney ein Mann mit bemerkenswerten Fähigkeiten ist. Und was vielleicht noch wichtiger ist, Barney hat sich im Gefängnis viele Freunde gemacht. Ich übertreibe doch nicht, oder?«

Der Mann zuckte mit den Schultern. »Barney ist in Ordnung.«

»Mehr als das. Er ist jetzt nämlich Kalfaktor. Nach vier Jahren guter Führung genießt er das Vertrauen der Gefängnisbeamten. Mr. Lotts versichert mir, daß Barney ein Verhalten an den Tag legt, das man durchaus als ›gewieft‹ bezeichnen könnte. So hat er es jedenfalls genannt.«

»Komm zur Sache!« drängte Harvey.

»Das versuche ich ja gerade«, sagte der Anwalt. »Der Plan sieht schlichtweg so aus: Barney sitzt in Peakstown ein, wo man ihm vertraut, und selbst wenn er in seinem Leben manche – Fehler – begangen hat, so kann er doch Kindermörder genausowenig leiden wie wir. Es könnte sogar leicht dazu kommen, daß er diesen Lawber zu hassen beginnt, und zwar so, daß er bereit wäre, seinen Haß auf sehr konkrete Weise zum Ausdruck zu bringen.«

Mr. Lotts sah ihn scharf an. »Von Freundschaftsdiensten ist hier aber nicht die Rede, Mr. Manson.«

»Nein, natürlich nicht. Schließlich birgt das, worauf wir aus sind, ein gewisses Risiko. Es ist nur recht und billig, daß wir eine Belohnung aussetzen.«

»Wir werden zahlen«, sagte Harvey nachdrücklich. »Nennen Sie Ihren Preis!«

»Überlaß das mit dem Preis mir«, wandte Paul ein. »Wir haben uns bereits darauf geeinigt, daß dreitausend Dollar vollauf genügen, aber daß es einen weiteren Tausender als

Sonderzulage gibt – falls die Aufgabe vor Ablauf des Monats erledigt ist.«

Harvey begann schwer zu atmen. Er konnte seine Wut nicht mehr bremsen.

»Verdammt nochmal, Paul! Ich will es klar und deutlich hören.« Zornig sah er den dritten Mann an. »Wird Ihr Bruder diesen Lawber umbringen?«

Mr. Lotts blinzelte. »Na klar! Davon reden wir ja, oder etwa nicht? Barney legt ihn um. Das wollen Sie doch, nicht wahr?«

»Ja, das will ich«, sagte Harvey. »Und ich will, daß es bald passiert.«

»Klar doch!« Mr. Lotts grinste. »Barney macht das schon. Barney ist in Ordnung.«

Wieder im Hotelzimmer, zog Paul Manson die Jalousien hoch, daß die Sonne den Raum überflutete. Dann klappte er seine Aktenmappe auf und breitete ihren Inhalt auf dem Couchtisch aus.

Harvey sah ihm zu. »Du bist uns immer ein guter Freund gewesen«, sagte er. »Mir und Dolores. Ich habe dir noch nicht einmal dafür gedankt...«

»Du weißt, daß du mir nicht zu danken brauchst«, entgegnete Paul. »Packen wir die Sache an, bevor uns die Sentimentalität überkommt! Hier ist ein vollständiger Überblick über deine finanzielle Lage, einschließlich der letzten Rechnungen und Ausgaben für die Zeit vom...«

»Nein, nein!« rief Harvey. »Sprich jetzt nicht davon, Paul, ich bitte dich! Ich schau' das später durch.«

»Wie du willst. Aber in einem Punkt möchte ich auf Nummer Sicher gehen. Wir müssen unbedingt etwas Bargeld von eurem gemeinsamen Konto locker machen, für Joe Lotts. Ich hab das Gefühl, wir werden es sehr bald brauchen...«

Drei Tage verstrichen, ehe er Paul Mansons Stimme wieder vernahm. Dabei bebte er erwartungsvoll von Kopf bis Fuß; ihm zitterte die Hand, mit der er den Telefonhörer hielt, weil er so ungeduldig auf eine einzige Neuigkeit lauerte.

Doch das, was er zu hören bekam, hatte er nicht erwartet:

»Jetzt reg dich nicht auf darüber, Harvey, aber oben in Peakstown ist was schiefgegangen...«

Sein Herz schlug heftig. »Was ist passiert?«

»Ich weiß keine offiziellen Einzelheiten, nur Gerüchte. Unser Freund Barney da oben hat versucht, seine Mission zu erfüllen, und hat sie vermasselt.«

»Lawber...«

»Ist nicht tot. Zwar verletzt, aber nicht tot. Jemand hat ihm ein Messer zwischen die Rippen gestoßen, während er unter der Dusche stand, ihn allerdings nicht richtig getroffen. Die Klinge hat das Herz nicht erreicht; er ist am Leben und wird durchkommen.«

Harvey knirschte mit den Zähnen.

»Brich deshalb nicht gleich in Panik aus! Wir haben einen ganz bestimmten Job vereinbart, und nur dafür zahlen wir. Das bedeutet bloß eine kleine Verzögerung; das ist alles.«

»Wie lange wird es sich verzögern?«

»Schwer zu sagen. Lawber ist jetzt nämlich im Gefängnishospital, und dort kommt man nicht so leicht an jemanden ran. Aber ich rufe Lotts an und frage ihn, was er dazu meint. Falls ich etwas erfahre, gebe ich dir Bescheid.«

»Na gut«, seufzte Harvey und schloß die Augen. »Gib mir Bescheid!«

An diesem Abend schlief er schnell ein, doch es war ein quälend unruhiger Schlaf, der ihm einen bereits gewohnten Traum bescherte: Dolores, mit zerzaustem Haar und teuflisch schön in ihrem nachlässig getragenen Morgenmantel, in dem sie aufreizend aussieht, ohne sich dessen bewußt zu sein. Sally, wegen einer Erkältung zu Hause, schiebt gemächlich Puppenmöbel hin und her und runzelt dabei nachdenklich die Stirn. Da klopft es an der Tür, der Junge mit den glatten, blonden Haaren und den ausdruckslosen Augen taucht auf. In der Küche stehen sie einander dicht gegenüber – der brutale Arm greift nach ihr, packt zu – völlig überrascht beginnt sie laut zu schimpfen – die brutalen Finger legen sich um ihren Hals – die Angstschreie des Kindes – das Messer . . .

Er erwachte in Schweiß gebadet, der ihn sofort frösteln ließ, als er sich im Bett aufsetzte. Willy Lawber! Der Name klang ihm im Ohr, als ob ihn jemand laut ausgesprochen hätte. Willy Lawber! Noch immer am Leben!

Der Zug fuhr um zwei Uhr in den Bahnhof von Port Allen ein, vier Stunden bevor der Ansturm der Pendler einsetzte. Er nahm das einzige Taxi der Stadt und war für die Wortkargheit des Fahrers dankbar. Es dauerte nur knapp zehn Minuten, bis er das dreistöckige Bürogebäude an Port Allens Hauptstraße erreichte.

Paul erhob sich hinter seinem Schreibtisch, um ihn zu begrüßen.

»Schön, daß du es geschafft hast, Harv. Ich wäre ja selbst in die Stadt gekommen, aber ich hatte heute morgen diese Gerichtssache . . .«

»Schon gut«, wehrte Harvey kurz ab. »Ich hielt es selbst auch für eine gute Idee, herzukommen. Es gibt etwas, was ich mir von dir erklären lassen möchte.«

»Ja sicher, gern.« Paul kehrte zu seinem Drehstuhl zurück.

»Es hat etwas mit Geld zu tun.«

Der Stuhl quietschte. »Mit welchem Geld?«

»Ich konnte in der letzten Zeit nicht klar denken; das weißt du besser als ich. Aber gestern hab ich mir mal die Papiere angeschaut, die du mir dagelassen hast, und da hat etwas nicht ganz gestimmt. Es geht um eine Abbuchung, die keinen Sinn ergibt, jedenfalls werde ich nicht schlau draus. Ich dachte mir, du könntest das vielleicht aufklären.«

»Ich weiß nicht, was du meinst.«

»Ich meine, daß mit den Zahlen etwas nicht stimmt. Auf unserem gemeinsamen Konto fehlen fünfundzwanzigtausend Dollar. Hör mal, ich weiß ja, es waren verschiedene Ausgaben und so. Und ich bin dir dankbar für alles, was du getan hast. Aber ich möchte doch gern wissen, wo dieses Geld geblieben ist.«

»Traust du mir nicht, Harv?«

»Ich möchte nur wissen, wo es geblieben ist!«

»Du hast es eben selbst gesagt. Es waren verschiedene Ausgaben. Vielleicht sind manche nie genau aufgeschlüsselt worden.«

»Das ist nicht deine Art, Paul. Du hast immer pingelig jeden Nickel aufgeschrieben. Weißt du noch, was du immer gesagt hast? Du bist arm aufgewachsen; du hast jeden Dollar geehrt.«

»Nun ja, mag sein, daß ich auch ziemlich durcheinander war. Dolores hat auch mir viel bedeutet, das weißt du ...«

»Du weichst mir aus, Paul.«

»Und du redest Unsinn.«

Harvey hatte sich keine Gedanken darüber gemacht, was er als nächstes tun würde. Er war von seinem Stuhl aufgesprungen, noch ehe er überhaupt wußte, was er vorhatte, und seine Hände lagen auf den Schultern des Anwalts, bevor er es selbst begriff. Er schüttelte den Anwalt, bis sein hübscher Kopf hin und her rollte und die ruhigen Augen sich vor Schreck weiteten.

»Laß das, Harvey...«

»*Wo ist das Geld?*« schrie er. »Was zum Teufel geht hier vor? Was versuchst du zu tun?«

»Harvey, hör mir zu!«

Da ließ er ihn los und legte die Hände auf den Schreibtisch.

»Tut mir leid«, sagte er heiser. »Aber ich muß es wissen, Paul. Wenn es etwas gibt, was du vor mir verbirgst...«

»Vielleicht *sollte* manches besser verborgen bleiben.«

»Nein! Ich möchte alles erfahren. Weil ich die Gedanken nicht mag, die mir gekommen sind, Paul. Über dich.«

»Wie meinst du das?«

»Ich kenne dich, Paul. Ich kenne dein Verhältnis zum Geld. Du hast immer jeden beneidet, der Geld hatte. Du hast dich nie damit abfinden können, daß du auf der falschen Seite, im falschen Teil der Stadt geboren bist – der am Hungertuch nagende, junge Anwalt...«

»Harvey!«

»Zehn Jahre! Seit zehn Jahren kenne ich dich, Paul. Glaubst du etwa, du kannst zehn Jahre lang deine Gefühle verbergen? Aber sollte ich mich irren, was die fünfundzwanzigtausend angeht, dann sag mir die Wahrheit. Die Wahrheit!«

Sie starrten einander über den Schreibtisch hinweg an.

Da erklärte Paul: »Ich wollte dir die Wahrheit ersparen, Harvey.«

»Was heißt das?«

»Mir wäre lieber, du würdest glauben, ich sei ein Schurke und ein Schwindler – ich hätte dich betrogen, deinen Kummer ausgenutzt...«

»Hast du das nicht?«

»Nein«, antwortete Paul Manson finster. »Was ich getan habe, das habe ich für dich getan und für Dolores. Ich habe mir geschworen, du solltest nie etwas davon erfahren.«

»Wovon denn? Von dem Geld?«

»Was von dem Geld gekauft wurde.«

Er wandte sich ab, um Harveys flammendem Blick auszuweichen.

»Es floß in die Tasche von Hy Blackthorn, dem Verteidiger. Er hat sich nicht sehr geziert; er wußte ja, daß Willy Lawber schuldig war.«

»Was? Du hast das Geld Lawbers Anwalt gegeben?«

»So ist es, Harvey.«

»Aber *warum*? Lawber hat doch gestanden. Seine Fingerabdrücke waren überall drauf. Die Blutflecken auf seiner Kleidung...«

»Ich weiß. Es ging auch nicht um seine Schuld. Mit dem Geld wurde etwas anderes gekauft. Ein Briefchen.«

»Was für ein Briefchen?«

»Ich hätte es sofort verbrennen sollen, als es mir in die Hände fiel. Aber ich hab's nicht getan; Gott weiß warum. Ich würde mir lieber den rechten Arm abhacken lassen, als es dir zu zeigen, Harvey.«

»Wer hat es geschrieben? Und was steht drin?«

Der Anwalt seufzte tief, dann griff er in die oberste Schublade seines Schreibtisches.

»Du hast mich dazu gezwungen, Harvey. Vergiß das nie!«

Harvey riß Paul das gefaltete Blatt aus der Hand und betrachtete es. Das blaßblaue Gekritzel in Dolores' Handschrift stach ihm ins Herz. Er las, was da stand:

Ich muß Dich unbedingt sehen. Harvey fährt morgen weg, und ich schicke Sally gegen zehn aus dem Haus. Ich erwarte Dich, Liebling. Enttäusche mich nicht!

D.

Er las es immer wieder, die Welt drehte sich in rasendem Tempo um ihre eigene Achse, und die Wolken, die durch das Bürofenster zu sehen waren, jagten vorüber auf ihrem Weg ins Nirgendwo. Als er aufblickte, konnte er kaum das aschfahle Gesicht des Anwalts klar erkennen, und seine nächste Frage klang wie erstickt:

»Was ist das? Was soll das bedeuten?«

»Diesen Brief hatte Willy Lawber bei sich. Er übergab ihn nach seiner Verhaftung Blackthorn, der ihn nicht als Beweismittel vorlegen wollte, bevor er mit mir gesprochen hatte. Ihm war klar, daß er, soweit es das Urteil betraf, nicht viel ändern würde; jedenfalls nicht, nachdem Willy gestanden hatte. Aber ihm war auch klar, wem er etwas ausmachen würde – uns.«

»Du meinst doch wohl nicht, daß ich das glauben kann?« flüsterte Harvey. »Dolores – und diese Bestie...«

Das Telefon klingelte.

Paul Manson hob den Hörer ab und meldete sich mit einem gedämpften: »Ja?« Dann lauschte er eine Weile, ohne das Gesicht seines Freundes aus den Augen zu lassen. Er kniff den Mund zusammen.

»Verstanden. Danke.«

Er legte wieder auf. Dann faltete er die Hände und erklärte: »Das war mein Verbindungsmann in Peakstown, Harv. Es ist etwas geschehen.«

»Mit Lawber?«

»Ja, mit Lawber. Aber nicht, was du denkst. Sie haben beschlossen, ihn zu seiner eigenen Sicherheit von Peakstown nach Ossining zu verlegen. Heute nachmittag haben sie ihn weggebracht, dabei ist es ihm gelungen, seine Bewacher zusammenzuschlagen und zu entkommen.«

»Was?«

»Tja«, sagte Paul, »Lawber ist geflohen.«

Von Dunkelheit und Stille umgeben saß Harvey Lenrow in Zimmer 406. Ein Stockwerk unter ihm flimmerte und leuchtete die Neonreklame des Hotels Grange und warf ihr rotes Licht an die Fensterscheibe.

Gegenüber, auf dem Kaminsims, tickte die Uhr.

Fast eine Stunde lang hatte er da gesessen, ohne sich zu rühren, und als er das Pochen an der Tür hörte, ließ er den Besucher noch zweimal klopfen, ehe er darauf reagierte.

Dann machte er auf und ließ Joe Lotts herein.

Der gelbgesichtige Mann mit dem unsteten Blick sah sich argwöhnisch im Raum um, bevor er eintrat. Dann setzte er sich auf die Kante der Couch und sagte: »Ich hab getan, was Sie wollten, Mr. Lenrow. War nicht einfach. Hat mich ein bißchen was gekostet...«

»Haben Sie etwas erfahren?«

Lotts kicherte. »Alles. Konnte gar nicht schiefgehn; dieser Lawber ist doch ein Trottel.«

»Ja«, pflichtete Harvey ihm bei.

»Ein Kumpel von mir, droben in East Harlem, der hat mir 'nen Tip gegeben. Ein paar Bengel aus dem Viertel, wissen Sie, so 'ne Art Gang, die schnüffeln 'ne Menge rum, dort wo sie die alten Häuser abreißen und neue bauen wollen. Die ham diesen blonden Kerl entdeckt, wie er in einem der Keller gepennt hat. Kann schon sein, daß sie ihn beklaun wollten, die ham gemeint, er wär blau. Nur hat er nix gehabt.«

»Was ist mit ihm geschehen? Wo ist er jetzt?«

»Da komm' ich noch zu, Mr. Lenrow. Mein Kumpel, der geht also hin und schaut selber nach. Der Kerl war ziemlich übel zugerichtet, aber mein Kumpel, der sieht, was für Klamotten der anhat, und denkt sich doch gleich, daß der aus'm Knast abgehaun ist. Da fängt er an, sich still und leise in der Stadt umzuhören. So hab ich davon Wind gekriegt.«

»Wo ist er?« fragte Harvey.

»Immer sachte, Mr. Lenrow! Mein Freund, der hat den Kerl, wie man so sagt, in seine Obhut genommen. Sie verstehen, was ich meine? Na ja, für gewöhnlich gibt's 'ne Belohnung, wenn man entflohene Sträflinge ausliefert.«

»Verständigt er denn nicht die Polizei?«

»Wenn's nicht unbedingt sein muß, nicht. Mein Freund und die Cops, die kommen nicht so gut miteinander aus. Aber Kohle ist Kohle, Mr. Lenrow.«

»Ich werde Ihren Freund bezahlen«, sagte Harvey barsch. »Ich werde mehr zahlen als die Cops.«

»Wieviel denn so, Mr. Lenrow?«

»Was verlangt er? Einen Tausender?«

»Eher so was wie zwei, Mr. Lenrow. Und dann bin

ich auch noch da. Schließlich hat mich die Rumfragerei 'ne Menge Zeit gekostet, Mr. Lenrow.«

»Na schön. Einen Tausender für Sie und zwei für Ihren Freund. Aber ich wollte noch etwas anderes von Ihnen, Mr. Lotts. Erinnern Sie sich daran?«

Lotts zwinkerte. Dann verzog er die trockenen Lippen zu einem Lächeln und sagte: »O ja, natürlich. Ist der recht?«

Er zog einen kurzläufigen Revolver aus der Tasche. Er war in mattem Schwarz lackiert.

»Das macht noch einen Hunderter extra, Mr. Lenrow. Der ist so gut wie neu«, fügte er verlegen hinzu.

Am nächsten Morgen wartete Harvey bis elf Uhr, dann ging er an den Empfang des Hotels und verlangte seine Wertsachen. Er nahm die großen Scheine aus dem Umschlag und stopfte sie in die Brieftasche. Seine Hand stieß in der Tasche an die Waffe, die sich hart und ungewohnt anfühlte.

Es regnete leise, und die gleichmäßig fallenden, feinen Tropfen durchnäßten seine Kleidung, noch ehe er ein vorbeifahrendes Taxi heranwinken konnte. Als er die Adresse nannte, murrte der Fahrer über die weite Strecke, und Harvey drückte ihm einen Fünfdollarschein in die Hand, um sich sein Schweigen zu erkaufen.

Er ließ sich auf den Rücksitz plumpsen und versuchte, nicht an das zu denken, was schon geschehen war und was noch vor ihm lag.

Es dauerte beinahe eine Stunde, bis sie langsam durch die nassen, menschenleeren Straßen des schäbigen Viertels im Norden der Stadt glitten und der Fahrer aus dem Seitenfenster spähte, um die verblichenen Hausnummern an den düsteren Sandsteingebäuden zu suchen.

Schließlich fanden sie es. Nummer 387, ein rostfleckiger, zweistöckiger Bau mit schmutzigen, blinden Fenstern und hohen, von unzähligen Füßen ausgetretenen Stufen, die zum Eingang hinaufführten. Das Haus schien unbewohnt zu sein, und der Fahrer drehte sich neugierig zu seinem Fahrgast um.

»Sind Sie sicher, daß es hier ist, Chef?«

»Es ist hier«, bestätigte Harvey.

Langsam stieg er die Treppe hinauf, während das Taxi davonbrauste. Er drückte auf den einzigen Klingelknopf mit einem Namensschild. Es dauerte lange, bis Joe Lotts an der Tür erschien.

»Okay, Mr. Lenrow«, sagte er. »Kommen Sie rein!«

Er ging in den Hausflur und hielt bei dem beißenden Geruch von Staub und Fäulnis kurz den Atem an. Lotts zog eine Schiebetür auf, die zu einem im Erdgeschoß gelegenen Wohnraum führte, und bedeutete Harvey mit einer Handbewegung, daß er eintreten sollte. An einem mit Linoleum belegten Tisch saß ein Mann, der eine Zigarre rauchte und eine Boulevardzeitung las. Er war klein und stämmig, und sein Lächeln entblößte schlechte Zähne.

»Wie geht's?« fragte er liebenswürdig, während er die Zeitung zusammenfaltete und sich erhob. »Wollen Sie was trinken, 'n Bier vielleicht?«

»Nein danke«, sagte Harvey. »Wo ist...?«

»Oben.« Der Mann grinste. »Mir gehört das ganze Haus. Mir gehören noch 'n paar Häuser. Ich mach' nämlich in Immobilien.«

»Er ist oben«, wiederholte Joe Lotts nervös. »Wie ich Ihnen schon gesagt hab, diese Bengel ham ihm arg zugesetzt. Er liegt im Bett. Also, Mr. Lenrow, wenn's Ihnen nichts ausmacht...«

»Gewiß, gewiß.« Harvey griff nach seiner Brieftasche.

Die Augen der beiden Männer beobachteten ihn, als er die Scheine abzählte. Es waren Fünfziger und Zwanziger.

»Schön, sehr schön«, stellte der Stämmige fest und ließ die Zigarre wippen. »Hören Sie, wollen Sie, daß wir irgendwo warten, oder...«

»Nein. Lassen Sie mich allein! Das ist alles, was ich will.«

»Klar, hab ich mir schon gedacht.« Er stieß Joe Lotts in den Unterarm. »Na, was meinst du, Joe? Soll ich dir 'nen Drink spendieren?«

»Klingt gut«, antwortete Lotts.

»War nett, Sie kennengelernt zu haben, Mr. Lenrow.«

Sie verließen das Wohnzimmer und gingen dem Ausgang zu. Harvey blieb am Fuß der Treppe zum ersten Stock stehen. Sobald sich die Haustür hinter ihnen geschlossen hatte, begab er sich nach oben. Die Stufen schwankten und knarrten unter seinem Gewicht.

Er war außer Atem, als er oben ankam.

Es gab nur eine einzige Tür. Er legte die Hand auf den Knauf und drehte ihn langsam herum.

Im Raum spielte leise ein Radio. Der Mann lag mit dem Gesicht auf dem Kissen im Bett und rührte sich nicht, als Harvey eintrat.

»Lawber«, sagte Harvey.

Der Mann wandte den Kopf. In seinen stumpfen Augen regte sich nichts. Er hatte einen häßlichen blauen Fleck auf der rechten Wange, und auf seinem Kinn klebte ein schmutziges Heftpflaster. Er drehte sich auf dem Bett um, und die schwachen Sprungfedern ächzten.

»Wer sind Sie?«

»Erinnerst du dich nicht an mich?«

»Nein. Sind Sie 'n Freund von Sammy?«

»Schau mal genau, Willy!«

Er ging näher an ihn heran. Außer dem Bett, einem Holzstuhl und einem Tisch, von dem die Farbe abblätterte und auf dem das Radio ohne Gehäuse stand, war der Raum leer. Die Tapeten, von denen ein halbes Dutzend übereinandergeklebt waren, lösten sich von den stockfleckigen Wänden.

»Sind Sie 'n Freund von Sammy?« fragte Lawber erneut. Er bemühte sich zu lächeln. Es blieb aber bei einem kläglichen Versuch. Irgend etwas war mit seinen Schneidezähnen passiert, und seine Lippen waren geschwollen.

»Nein«, sagte Harvey. »Ich bin der Freund von niemandem, Willy.«

»Sammy ist 'n guter Kerl«, erklärte Lawber. »Sammy ist mein Kumpel.«

»Aber sicher.« Er zog den Revolver aus der Tasche.

»Sie ham 'ne Kanone?«

»So ist es, Willy. Nur für dich.«

»Ich will keine Kanone, Mister. Ich versteh' nix von Kanonen.«

»Wie ist's mit Messern, Willy?«

Der Mann setzte sich auf, in seinen Augen stand Angst. Der Mann? Harvey mußte sich korrigieren; er war ein Junge. Wie alt war Willy Lawber? Er versuchte, sich darauf zu besinnen. Zwanzig? Einundzwanzig?

»Ich heiße Lenrow«, sagte Harvey. »Erinnerst du dich jetzt?«

Die Wahrheit dämmerte allmählich in Willys schwachem Verstand. Seine Augen blinzelten hastig. Er zog das schmutzige Laken um seinen nackten Oberkörper, als ob es ihm Schutz bieten könnte.

»Lenrow?« fragte er. »Hören Sie, Mr. Lenrow – ich wollte Ihrer Frau nichts tun...«

»Nein, bestimmt nicht. Du hast sie gern gehabt, nicht wahr, Willy? Und sie hat dich gern gehabt?«

»Mir tut es leid, was da passiert ist. Ehrlich...« Er begann zu weinen, große, unschuldige Kindertränen.

»War's nicht so, Willy? Hat meine Frau dich nicht gern gehabt?«

»Jaja, schon! Ich hab geglaubt, sie hat mich gern, Mr. Lenrow. Sie hat's ja gesagt. Nur, wie ich sie besucht hab, weil sie's so haben wollte, da hat sie mich auf einmal beschimpft. Alle möglichen Schimpfnamen hat sie mir gegeben. Und ich bin wütend geworden. Ich wollte ihr ja nicht weh tun, aber sie hat mich so beschimpft...«

»Sie hat dich doch ›Liebling‹ genannt, nicht wahr?« Harveys Stimme überschlug sich. »Das war doch kein Schimpfname, der dich...«

»Ich hab geglaubt, sie hat mich gern. Sie war so hübsch. Er hat mir erzählt, daß sie mich gern hat. Und dann hab ich den Brief gekriegt...«

»Hast du sie geküßt, Willy? Hast du sie in deinen Armen gehalten?«

»Nein. Nein, dazu hab ich nie 'ne Gelegenheit gehabt, Mr. Lenrow, ehrlich. Aber sie hat mich gern gehabt; sie hat gesagt, ich seh' gut aus. Das hat er mir erzählt...«

»Wer? Wer hat dir das erzählt?«

»Bitte tun Sie mir nichts, Mr. Lenrow...«

»Wer hat dir das erzählt, du *Schwachkopf*?« Er stürzte sich beinahe auf den Mann, von dem Wunsch getrieben, sich in einer Weise zu rächen, die ihm mehr Genugtuung verschaffen würde als eine schnelle Kugel, ein leichter, jäher Tod.

»Er war's. Er!« Willy Lawber schluchzte und kauerte sich an das Messingkopfteil des Bettes. »Dieser komische Anwalt. *Der* hat mir erzählt, daß sie mich gern hat, Mr. Lenrow...«

»Welcher Anwalt? Was faselst du denn da?«

»Dieser Mr. Manson. Er hat oft mit mir geredet, hat mir oft erzählt, daß ich ihr gefalle und daß sie gern möchte, daß ich sie, na Sie wissen schon, küsse und – und ... Und dann hat er mir diesen Brief gegeben...«

»Du bist verrückt!« rief Harvey empört. »Du bist von Sinnen!«

»Nein, nein, ich schwör's! Er hat mir diesen Brief gegeben, und da stand drin, ich möchte dich sehn, ich hab dich gern, ich möchte, daß du herkommst, wenn mein Mann fort ist...«

»Lügner! Lügner!« schrie Harvey und stürzte sich auf ihn, um dem Jungen den muskulösen Hals zuzudrücken, damit diese wahnwitzigen Worte aufhörten, die aus den geschwollenen Lippen hervorquollen und keinen Sinn ergaben, damit ein für allemal diese Bilder verschwanden, die ihn am Tag quälten und nachts im Traum verfolgten. Willy Lawbers geschundener Körper bot nur wenig Widerstand; es war so leicht, ihn zu töten; Harveys Hände packten zu und drückten und drückten...

Dann hielt er plötzlich inne und beugte sich keuchend über die Gestalt auf dem Bett. Lawber hustete und würgte. Harvey beobachtete ihn, abwartend.

»Sag das noch mal«, befahl er ihm heiser. »Was hat dir Mr. Manson erzählt?«

»Ich schwör's Ihnen«, schluchzte Willy. »Er ist oft vorbeigekommen und hat von ihr geredet, daß sie so nett ist und richtig auf mich steht. Dann hat er mir diesen Brief gegeben, und da bin ich hingegangen. Das hat bloß nicht gestimmt. Ich meine, sie wollte gar nicht, daß ich sie küsse oder so. Sie hat sich furchtbar aufgeregt und hat angefangen zu schrein, und dann hab ich ihr ...«

»Schon gut. Es reicht!« sagte Harvey Lenrow.

Paul legte gerade den Telefonhörer auf, als Harvey sein Büro in Port Allen betrat.

»Harvey! Um Himmels willen, ich versuche schon den ganzen Tag, dich anzurufen. Die Polizei hat Lawber gefaßt; sie haben einen anonymen Hinweis bekommen ...«

»Ich weiß«, sagte Harvey ruhig. »Den hab ich ihnen gegeben.«

»Was hast du?«

»Ich hab die Tricks gelernt, die du mir beigebracht hast, Paul. Ich hab Willy Lawber gefunden und den Cops verraten, wo sie ihn abholen können. Allerdings hab ich da noch etwas erfahren.«

»Was?«

»Über einen Brief. Einen Brief, von dem Willy geglaubt hat, er sei für ihn bestimmt gewesen, den in Wirklichkeit aber du bekommen hast. Ein Brief von Dolores.«

»Moment mal, Harvey ...«

»Ich hab's nicht begriffen, jedenfalls nicht gleich. Aber dann ist mir etwas eingefallen. Mir ist eingefallen, wie das mit dir und Dolores war, bevor ich aufgetaucht bin. Du warst der arme, am Hungertuch nagende Anwalt; mir war das Geld schon in die Wiege gelegt worden. Dolores hat sich zwar für mich entschieden, aber dich hat sie auch nicht aufgeben wollen. So ist das doch gelaufen. Stimmt's?«

»Harvey, das ist lächerlich ...«

»Eine Weile ging ja alles gut. Ich war der glückliche Ehemann, auf beiden Augen blind und auf beiden Ohren taub. Ihr habt eine schöne Zeit gehabt. Aber dann warst du damit nicht mehr zufrieden. Du wolltest, daß Dolores mich verläßt, doch sie wollte nicht. Das Leben war zu angenehm für sie. Sie war bereit, sich weiterhin mit dir zu treffen, hinter meinem Rücken. Aber sie wollte sich nicht von mir scheiden lassen. Das tat weh, nicht wahr, Paul? Das tat so weh, daß du ihr auch weh tun wolltest. Dazu hast du dir Willy ausgesucht...«

»Das hör' ich mir nicht mehr länger an!« Der Anwalt ging um den Schreibtisch herum und versuchte, die Tür zu erreichen; Harvey hielt ihn zurück.

»Du wirst es dir anhören müssen. Weil ich es mir auch angehört habe, Paul. Von Willy Lawber. Er hat Angst gekriegt und ist gesprächig geworden. Er hat mir alles erzählt, Paul.«

Der Anwalt packte ihn an den Armen.

»Ich hab nicht gewollt, daß es so ausgeht, wie es ausgegangen ist, Harvey. So wahr mir Gott helfe, das hab ich nicht gewollt! Ich war sauer auf sie, nur sauer! Ich wollte sie ein bißchen erschrecken...«

»Laß mich los, Paul!«

»Harvey, du mußt mir glauben! Ich wußte nicht, was er ihr – und Sally antun würde. Ich wollte ihr nur eine Lektion erteilen, ihre Selbstgefälligkeit erschüttern...«

»Aber er hat sie umgebracht, Paul. *Du* hast sie umgebracht.«

»Nein, Harvey, nicht ich. Ich schwöre dir...«

»Du schwörst es? Auf deinen Knien?«

»Auf meinen Knien, Harvey!« Er glitt zu Boden. »Auf meinen Knien schwöre ich es!«

»Okay, Paul«, sagte Harvey sanft und zog den Revolver. Es war eine Hinrichtung. Am neunzehnten!

Das Haus in der verdammten Straße

Der bestgehaßte Mann des Jahres, so hieß es in Hollywood, sei Matt Shaver; einer mehr aus einer ganzen Reihe glutäugiger, kleiner Energiebündel, die von der Ostküste nach Südkalifornien gekommen waren, um Filme zu drehen, Geld zu scheffeln und sich Feinde zu machen. Matt Shaver hatte nichts davon ausgelassen, und zum Beweis dafür hatte er auch eine Tür aus Nußbaumholz. Auf dem Türschild stand PRODUKTIONSLEITER. Nie ging Matt daran vorbei, ohne den Titel ehrfurchtsvoll zu begrüßen: Er berührte ihn mit zwei Fingern, die er dann küßte, so wie strenggläubige Juden den Mesusa an ihren Hauseingängen die Reverenz erweisen. Das war für ihn wie eine Zauberformel und brachte ihm stets Gelächter ein. Hinter der Tür lachte indes niemand, weder Kurven-Edie, seine Sekretärin, die an jenem Abend im Red Flamingo Motel geglaubt hatte, er würde ihr einen Heiratsantrag machen, und dann feststellen mußte, daß er ihr nur einen Job anbot; noch Ken Schneider, sein Produktionsassistent, der ihn mit entwaffnender Offenheit verabscheute; und auch nicht Benny, der hünenhafte Benny mit dem Watschelgang, den Hundeaugen und der Hängelippe, Matts Chauffeur, Butler, Leibwächter, Kammerdiener und Prellbock.

Ein typischer Morgen: Um zehn Uhr fährt Matt ins Studio, vor Bau A trifft er Vizepräsident Sam Lister. Unterwegs im Korridor informiert er Sam über ein neues Projekt (voraussichtliche Produktionskosten: zehn Millionen), er küßt sein Türschild, Sam lacht, Matt betritt das Büro. »Morgen, Edie!« (Guten Morgen, du Ekel, wo warst du gestern abend?) »Morgen, Ken!« (Knurren.) »Benny, du Affe, wo bleibt mein Kaffee?« Arbeitsbeginn. »Edie, verbinde mich mit der Synchronisation! Verbinde mich mit Bill Waldon! Wo sind die Vorschläge für die Ausstattung? Wo ist das überarbeitete Drehbuch? Was ist mit meinem Telefongespräch, Edie? Benny!« (Matt schleudert einen Schuh von sich.) »Putz diesen Dreck ab, ich muß in was reingetreten sein. Edie, wann ist mein nächster Termin?« Am Telefon: »Hallo, mein Schatz, ich liebe dich über alles.« Nach dem Auflegen: »Du Scheusal! Benny!« (Matt schleudert den zweiten Schuh von sich.) »Den kannst du gleich mitputzen, sie gehören schließlich zusammen. Edie! Ruf Doc Roseman an und sag ihm, ich könnte nicht – nein, laß sein, hab schon zwei Sitzungen verpaßt.«

Mittags chauffierte Benny, die plumpen Hände lammfromm auf dem pompösen Lenkrad, Matt Shaver zu seinem Analytiker.

»Tja, die Zeiten haben sich geändert, stimmt's, Benny?« begann Matt. »Erinnerst du dich noch an den lausigen Job, den du in der Strickerei gehabt hast?«

»Ja, daran erinnere ich mich noch«, antwortete Benny.

»Was haben die dir bezahlt, Benny?«

»Einen Dollar vierzig die Stunde, als ich an der großen Maschine angefangen hab'.«

»Vergiß das nie!« sagte Matt Shaver unwirsch. »Denk immer an diesen einen Dollar vierzig, Benny!«

»Ja, Sir«, versprach Benny.

»Ja, Sir, so ist's recht«, lobte Matt.

Dann endlich Frieden! Seufzend hatte er sich auf Doktor Rosemans Ledercouch ausgestreckt, und nun heftete er den Blick ruhig auf die Rauchschwaden, die im Sprechzimmer des Analytikers von seiner Zigarette aufstiegen. »Meine Sechzig-Dollar-Zigarette«, pflegte Matt sie zu nennen. Und Roseman, Moses in einem grauen Kammgarnanzug, hatte eine sanfte Stimme und viel Verständnis.

»Nein«, sagte Roseman und räusperte sich. »Wir lassen, auch wenn wir zu Geld gekommen sind, die Armut nicht hinter uns, wir können uns auch mit einer dicken Brieftasche noch arm fühlen. Die Seele ist ein Haus, in dem es spukt.«

»Ein Haus«, wiederholte Matt bitter. »Wissen Sie, in letzter Zeit hab' ich oft an das Haus gedacht, in dem wir früher mal gewohnt haben. Wir drehen doch jetzt bald den neuen Film, eine Geschichte, die in einem Elendsviertel spielt, und jedesmal wenn ich ins Drehbuch schaue, wird mir ganz mulmig, weil mir dabei das Haus in der Damn Street einfällt, in unserer *verdammten Straße*. Natürlich hieß sie nicht wirklich so, es war die Van Damme Street in Brooklyn, direkt an der Endstation der U-Bahn am Rand von Canarsie. In diesem Haus, in diesem miesen Haus bin ich aufgewachsen. Es ist schon vor langer Zeit abgebrannt, aber ich wollte, ich könnte es noch einmal niederbrennen. Das Haus war so heruntergekommen, daß die Leute, die drinnen wohnten, genauso heruntergekommen sind. Mich haben als Kind nicht Mikroben angefallen, mich haben Termiten angefallen. Man konnte in dem Schuppen kein Fenster aufmachen, ohne zu riskieren, daß man sich einen Bruch hob. Die Fußböden schwankten wie die im *Crazy House* im Vergnügungspark von Coney Island, und die Küchenschaben vermehrten sich explosionsartig, und dann lagen sie überall herum, weil sie verhungert waren.

Für mich war es noch schlimmer, so mickrig, wie ich war, ein winziger Knirps und noch dazu einer mit Brille. Ein Sechzig-Pfund-Schwächling. Im Keller hab' ich mich versteckt, um *Ivanhoe* zu lesen. Ich hab' Angst gehabt vor der Straße, Angst vor den Kindern aus unserem Block und Angst vor Cheech...«

»Cheech?«

»Cheech«, sagte Matt Shaver und klammerte sich dabei an der Couch fest wie an einem Floß. »Er war meine ganze beschissene Welt in geballter Ladung. Ein wandelnder Fleischberg mit zwei Fäusten so hart wie Stein, einem alten Baseball in der Hosentasche und einem Klumpen Kaugummi im Mund. Er roch förmlich meine Angst, wie ein Hund, und das brachte ihn außer Rand und Band. Sein Tag war nicht vollständig, wenn er mich nicht zusammengeschlagen hatte; er lauerte mir nach der Schule auf, er bombardierte mich im Winter mit Schneebällen und zwang mich im Frühling, Dreck zu fressen. Cheech, Cheech«, stöhnte Matt und schlug dabei mit den Handflächen auf die Couch ein, »das war die Damn Street – Cheech. Er und dieses erbärmliche Haus...«

Die Zigarette begann zu knistern, und er drückte sie im Aschenbecher aus. Während er den schwarzen Stummel betrachtete, kam ihm die Idee. »Heh!«

»Was ist?«

»Das Haus«, sagte Matt. »Ich hab' Ihnen doch von dem Film erzählt, den wir drehen, diese Geschichte aus dem Elendsviertel. Das hat mich ja erst wieder darauf gebracht, das hat mir Alpträume verursacht.«

»Ja und?« fragte Roseman.

»Wir haben vor, auf dem Gelände hinter den Studios eine Kulisse aufzubauen, nur für die Dreharbeiten, ein

Haus in der Art. Was meinen Sie, Doc, soll ich zwei Fliegen mit einer Klappe schlagen? Das Trauma noch einmal erleben, ist das nicht *die* Idee? Wie wär's denn, Doc, wenn ich das alte Haus so bauen ließe, wie es war, genau so, wie es war?«

»Ich verstehe Sie nicht...«

Matt setzte sich auf. »Das würde mir guttun, meinen Sie nicht? Der Vergangenheit ins Auge schauen! Das ist doch das A und O in der Psychoanalyse, hab' ich nicht recht? Wie wär's also, wenn ich dieses Haus wieder aufstellen ließe? Ich hab' noch ein paar Bilder von dem Schuppen, die mein Vater gemacht hat, und an den Rest kann ich mich erinnern. Junge, Junge, und wie ich mich daran erinnern kann! Glauben Sie, das ist eine gute Idee?«

Roseman lächelte. »Es ist eine kostspielige Therapie. Ehrlich gesagt, ich weiß nicht, was Sie davon haben.«

»Na, eine Kulisse! Das zumindest, Doc. Sagen Sie mir doch, daß das eine gute Idee ist!«

»Warum brauchen Sie jemanden, der Ihnen das sagt?«

Matt nahm die Brille ab und polierte die dicken Gläser mit seinem Taschentuch. Ohne sie sah sein kleines Gesicht verrunzelt und müde aus.

»Sie haben recht«, erklärte er. »Dazu brauche ich keinen.«

Aber er fragte Ken Schneider, und Ken sagte: »Warum nicht?« Dann erzählte er Edie von seiner Idee, bei Cocktails im Chasen, und Edie war zu Tränen gerührt, als sie der Geschichte seiner unglücklichen Kindheit lauschte. Er erzählte sogar Benny, was er vorhatte, und Benny verbrachte die Nacht damit, auf Matts Speicher nach alten Fotografien zu suchen. Am nächsten Tag rief Matt Royard

Johnson, den Filmarchitekten, zu sich und erklärte ihm seinen Plan mit solcher Begeisterung, daß er sich dabei unentwegt über die Lippen lecken mußte. Johnson war beeindruckt und versprach, ihm in der Rekordzeit von zwei Tagen Entwürfe vorzulegen. Bill Waldon, der Regisseur des Films, war nicht so scharf darauf – er beharrte immer noch auf Außenaufnahmen –, doch teils mit Charme und teils mit Toben gewann Matt ihn schließlich für die Idee.

Er schaute sich die nach den Amateurfotos angefertigten Entwürfe an, und sie waren alle nicht das Richtige, ganz und gar nicht das Haus in der Damn Street. Er beschimpfte Johnson, der etwas von »Interpretation« murmelte und Si Goldman von der Ausstattung holte, der auf der Stelle einen neuen Entwurf nach Matts nebuloser Beschreibung machte. Das Ergebnis war auch nicht zufriedenstellender, und Matt ging an diesem Abend mit schlecht verhohlenem Zorn nach Hause; er ließ ihn an Benny aus. Am nächsten Morgen kam Goldman mit einem Arm voll Hausbildern an, die er im Filmarchiv zusammengesucht hatte, und mit Ausdauer (die Sandwiches mittags besorgte Benny – »Du Schwachkopf, du hast den Senf vergessen!«) und mit peinlicher Sorgfalt stückelte Matt das Haus so zusammen, wie er es in Erinnerung hatte: jedes Fenster, jeden Balken, jede Latte und Schindel, den Eingang, bis hin zu den Pfosten und Bohlenbrettern des Hauses in der Damn Street. Diesmal stimmte der Entwurf, den Goldman am Ende des Tages zustande brachte, er stimmte so genau, daß es gespenstisch war. Das war das düstere, bucklige, verwahrloste, holzverschalte Monstrum aus seiner Kindheit.

Von da an war aus Matts Mund nur noch eine einzige

Frage zu hören: »Wann?« Tausend Entscheidungen mußten bei der Produktion des neuen Films getroffen werden,
aber Matt übertrug sie Ken Schneider. Er wollte nur eins
wissen: »Wann?« Jeden Tag rief er Royard Johnson zu
sich. Er schickte Edie unter jedem erdenklichen Vorwand
auf die Baustelle, um nachzuschauen, wie sie mit der Arbeit vorankamen. Selbst ging er jedoch nie hin, denn er
wollte das Haus erst sehen, wenn es fertig war. Er konnte
nicht mehr schlafen, weil er ständig daran dachte. Er
schaffte es nicht einmal, sich zu betrinken, und Kurven-
Edie mußte sich selbst Gesellschaft leisten.

Es dauerte drei Wochen. Sie stellten nur die Außenwände auf, mußten dabei aber strenge Vorschriften einhalten; das Original war wahrscheinlich in kürzerer Zeit
zusammengezimmert worden. Johnson rief an einem späten Donnerstagnachmittag in Matts Büro an und sagte, es
sei fix und fertig, dem Himmel sei Dank, sie bräuchten nur
noch das Werkzeug und den Abfall wegzubringen, und er
könne es besichtigen. »Wann?« fragte Matt. Sie verabredeten sich für sieben.

Er bat Ken und Edie mitzukommen. Er war bester
Laune, lachte und machte Witze darüber, aber das maskenhafte Lächeln auf seinem schweißnassen Gesicht und
die fahrigen Bewegungen der zitternden Hände bereiteten
ihnen Unbehagen, dennoch sagten beide, gewiß, warum
nicht, und begleiteten ihn zu der neuen Filmkulisse.

Als sie auf dem Gelände hinter den Studios eintrafen,
stand die Sonne schon tief, und ihr roter Rand streifte eben
die Kuppen der Hügel von Hollywood. Johnson erwartete
sie, sichtbar mit sich selbst zufrieden.

»Glaubt mir«, sagte er grinsend, »es ist sagenhaft, es ist
so was von schäbig, ein wahres Meisterwerk. Waldon warf

einen einzigen Blick drauf und war sofort hingerissen, er fand, es sei echter als die Wirklichkeit.«

»Das werden wir gleich sehn«, meinte Matt. »Ich werd' euch sagen, wie echt es ist, ich bin da der größte Experte auf der ganzen Welt.«

Düster zeichnete sich das Haus vor ihnen ab, und Matt blieb stehen.

Der Kasten machte einen verlotterten Eindruck, einen zusammengesackten, baufälligen, unheilverkündenden Eindruck. Sein rauher Anstrich sah aus wie eine scheußliche Hautkrankheit auf einem Gesicht aus zwei trüben Fenstern und einer Tür. Die Säulen des Vorbaus waren abgebrochen, und Unkraut wuchs aus den Rissen in den Brettern. Im schwindenden Tageslicht ging etwas Bedrohliches von ihm aus; Edie zuckte zusammen, als sie das Haus sah, und selbst Ken Schneider war beeindruckt.

Aber Matt; wie wirkte es auf Matt?

Er stand da, wie angewurzelt, mit betretener, fassungsloser, eisiger Miene; mit offenstehendem Mund schnappte er nach Luft. Er stierte auf das Haus, wie ein Starrsüchtiger ins Leere stiert.

»Na, Matt«, fragte Johnson, »kommt das hin, Matt?«

»Schau ihn doch an«, bemerkte Ken trocken. »Siehst du das denn nicht?«

»Matt«, sagte Edie.

Er antwortete nicht. Mit bleischweren Füßen stapfte er auf das Haus zu. Johnson lief ihm lobeshungrig nach.

»Ist es richtig so, Matt? Ist es das Haus, das du in Erinnerung hast?«

Er blieb am Geländer des Vorbaus stehen.

»Matt, was sagst du denn dazu? Hör mal, ein Haufen

Leute haben sich schier umgebracht, um es dir recht zu machen. Du könntest wenigstens...«

Matt fuhr herum, und die dicken Gläser seiner Brille blitzten im Widerschein der untergehenden Sonne blutrot auf; Johnson hielt das für Zorn, aber Matt antwortete ihm mit belegter Stimme.

»Es ist genau das gleiche erbärmliche Haus«, sagte er. »Steh mir bei, es ist genau so, wie es war! In zehn Sekunden fang' ich an zu heulen...«

»Mensch, Matt...«

»Tust du mir einen Gefallen, hm? Tu mir einen einzigen Gefallen, Roy!«

»Klar doch, jeden. Du brauchst es nur zu sagen.«

»Zieh Leine! Nimm Edie und Ken mit! Tust du das für mich?«

»Natürlich, Matt, was immer du willst.«

Er kehrte zu den anderen zurück und sagte es ihnen. Ken zuckte nur mit den Schultern, aber Edie schaute besorgt drein. Sie ging zu Matt und begann auf ihn einzureden. Diesmal war es wirklich Zorn, was hinter seinen Brillengläsern funkelte.

»Ich hab' gesagt, ich will allein bleiben! Würdest du dich jetzt fortscheren, zum Teufel, und mich allein lassen!«

»Aber was wird aus dem Abendessen? Wir wollten uns doch mit den Waldons treffen und...«

»Laß mich allein, Edie!«

Sie wurde stocksteif und machte auf dem Absatz kehrt. Dann holte sie Johnson und Ken auf ihrem gemächlichen Rückweg zu Bau A ein. Sie sah sich noch einmal um. Matt stand noch immer vor den Stufen zum Eingang, und seine Umrisse verschwammen in der einbrechenden Dunkelheit.

Er war allein mit dem Haus.

Er schloß die Augen, öffnete sie wieder, und das Haus stand immer noch da.

»Oh, du nichtsnutziges Haus«, flüsterte er. »Du elendes, verrottetes Haus. Ich hab' geglaubt, ich würde dich nie wiedersehen...«

Er legte die Finger um eine Säule des Vorbaus und drückte zu, bis ihn die Hand schmerzte.

»Du widerliche Falle. Du mußtest von der Bildfläche verschwinden und abbrennen. Ich sollte dich einreißen. Ich sollte dich noch einmal niederbrennen!«

Die Sonne verschwand hinter den Hügeln, es wurde allmählich dunkel. Die Nacht senkte sich über das Haus, bis es kaum noch zu sehen war. Er blickte sich um und entdeckte die Kabel der Jupiterlampen, die zum Stromaggregat führten. Er tastete herum, bis er den Schalter fand, dann richtete er den breiten Lichtstrahl auf das Haus, und die harten Schatten machten es noch häßlicher.

»Genau so war es«, murmelte er. »Genau so stand es in der Damn Street, vor so vielen Jahren...«

Plötzlich kam Wind auf und ließ ihn frösteln.

Er setzte seinen Fuß auf die erste wackelige Stufe des Vorbaus und erklomm langsam auch die nächsten. Es war das gleiche Gefühl wie beim alten Haus, sie knarrten wie die Stufen des alten Hauses.

Er trat an die Tür und berührte sie mit den Fingerspitzen. Sie gab nach und schwang in den Angeln zurück.

Er legte die Hand auf die Klinke und stieß sie ganz auf.

Was hatte er erwartet? Den düsteren, alten Hausflur, den Geruch nach Fett, nach gekochter Milch und Staub, den keiner weggewischt hatte? Den zerschlissenen, welligen Teppich auf dem Fußboden, die gekalkten Wände, die rissige Decke? Die Stimme seiner Mutter, die ihn mit einer Schimpfkanonade empfing, weil er so spät nach Hause kam? Oder den heiseren Protest seines Vaters, der neben dem alten Rundfunkempfänger kauerte und den komischen Leuten im Radio zuhören wollte, während er sein Bier trank? Das konnte er doch wirklich nicht erwarten. Er stand in dem leeren Bauwerk, im hohlen Bauch des Gehäuses, in dem von Nostalgie nichts zu spüren war.

Dennoch merkte er, daß er am ganzen Körper zitterte, und zum Zeichen dafür, daß er über die bösen Erinnerungen die Oberhand behielt, griff er nach einer Zigarette und zündete sie an. Er blickte zum Fenster, hinaus auf den Vorbau, und ließ hohe Rauchsäulen aufsteigen.

Da hörte er das Geräusch: bum-pop, bum-pop, bum-pop, und die Zigarette fiel ihm aus der Hand.

Bum-pop. Bum-pop.

Er horchte und versuchte, dem Geräusch einen Namen zu geben. Bum-pop! dröhnte es von der Wand des Hauses.

Er ging aufs Fenster zu.

Bum! Wieder an der Hauswand! Das Geräusch eines Gummiballs, der von der Hauswand abprallte, dann mit einem lauten Pop! auf dem Boden des Vorbaus aufschlug und wieder hochsprang. In wessen Hände?

»He, Brillenschlange!«

Wind pfiff ihm um die Ohren und fuhr ihm ins Gesicht, daß ihm die Augen tränten.

»Brillenschlange! Komm raus!« Bum-pop! »Komm raus, du kleiner Stinker!«

Er stürzte ans Fenster, und da stand Cheech, rieb den Ball in seinen fleischigen Fingern, grinste höhnisch, während er ihn von neuem an die Wand warf, und fing ihn mühelos auf, als er vom Boden wieder hochsprang. Die schmutzigen Hemdzipfel hingen ihm aus der zerlumpten Hose, und ein Klumpen Kaugummi beulte seine Wange aus.

»Na, was sagst du, Brillenschlange? Wo warst du denn nach der Schule? Ich hab' dich nicht gefunden.«

Matt schüttelte den Kopf, er schüttelte den Kopf und murmelte etwas vor sich hin, und Cheech lachte.

»Was ist denn los, Brillenschlange, haste nicht geglaubt, daß ich auf dich warte? Haste geglaubt, ich hab' Angst vor deiner alten Dame? Mach schon, ruf doch deine alte Dame!«

Er wandte sich von der Vision ab und schaute hinter sich in die tröstliche Realität des leeren Hauses. Ich bin verrückt, dachte er, verrückter, als Roseman weiß...

»Komm doch raus, ich hab' was für dich! Ich hab was auf die Nase gekriegt! Und 'nen Tritt in den Hintern! Komm raus und hol dir, was du zu kriegen hast!«

»Nein!« schrie Matt Shaver.

»Du kommst jetzt besser raus! Sonst komm' ich rein und hol' dich, Brillenschlange!«

»Verschwinde hier!« schrie Matt Shaver ins Leere.

»Brillenschlange! Brillenschlange! Mamasöhnchen!«

Er sah an sich hinunter. Er sah die Spitzen seiner polierten, teuren Lederschuhe, die Bügelfalten seiner Hosenbeine. Er schaute auf seine Hände.

»Wovor habe ich eigentlich Angst?« flüsterte er. »Es ist nur ein Kind! Ich bin ein erwachsener Mann!«

»Brillenschlange!«

Er ging an die Tür und riß sie auf. Er erwartete, daß die Vision verschwinden, sich in Nichts auflösen würde, sobald er ihr entgegentrat, aber Cheech war noch immer da, spielte lässig mit dem Ball und schlenderte auf ihn zu.

»Scher dich hier fort!« sagte Matt heiser. »Scher dich hier fort, Kleiner, du hast hier nichts zu suchen!«

»Wer sagt das? Wer sagt das, Brillenschlange, du? Du redest mit Cheech, hast du das vergessen?«

»Ich bin ein erwachsener Mann! So kannst du nicht mit mir reden, Cheech, hörst du?«

Der Junge lachte wieder, lauthals, und dabei schlug er sich mit den Händen auf die abgewetzten Knie seiner Hose. »Du Blödmann! Du kleiner Blödmann du! Dich schlag' ich ungespitzt in den Boden!«

Er kam näher, und Matt wich zurück.

»Komm her«, lockte Cheech. »Komm her und kämpf zur Abwechslung, zeig doch, was in dir steckt!«

»Bleib mir vom Leib!«

Cheech spielte immer noch mit dem Ball. Auf einmal ließ er ihn fallen und zielte mit der Faust auf Matts Nase; doch Matt war jetzt größer, und der Schlag landete auf seiner Brust. Er versuchte, das Handgelenk des Jungen zu erwischen, aber seine Arme waren so schwer, daß er sie nicht heben konnte. Er taumelte zurück, und Cheech traf ihn noch einmal, in die Magengrube. »Uhh!« stöhnte er, und Cheech kicherte, packte ihn am linken Arm und verdrehte ihn.

»Laß mich los! Laß mich los!« rief Matt.

»Haha! Die Brillenschlange will, daß ich sie loslasse! Sag bitte, Brillenschlange, sag bitte, aber ganz lieb...«

»Bitte, bitte!« schluchzte Matt.

Er sank auf die Knie, und Cheech trat ihm in die Seite. »Kämpf doch, Brillenschlange, warum kämpfst du denn nicht? Warum rufst du nicht deine Mutter, hä? Mama, Mama!« äffte Cheech. »Der böse Junge tut mir weh, Mama! Los, ich will's hören, Brillenschlange!«

»Mama, Mama!« wimmerte Matt Shaver. »Laß mich in Ruhe, Cheech, ich hab' dir nichts getan! Ich hab' eine Brille auf, Cheech...«

»Oh, wirklich?« Cheech riß sie ihm vom Kopf und betrachtete das müde, verrunzelte Gesicht. »Hahaha! Schaut euch mal die Brillenschlange an ohne ihr Spekuliereisen!«

»Gib sie mir wieder! Bitte, gib sie mir wieder!«

»Zwing mich doch! Los, zeig mal, wie du mich dazu zwingst!«

»Cheech!«

Der Junge warf die Brille auf den Boden, und Matt griff nach ihr. Cheech trat ihm mit seinem schweren Schuh auf die Hand, und Matt schrie vor Schmerz auf. Dann stampfte Cheech absichtlich mit dem Absatz auf die Gläser, erst auf das eine, dann auf das andere, und beim Geräusch des splitternden Glases weinte Matt noch lauter.

»Heulsuse! Heulsuse!« spottete Cheech. »Ruf doch deine Mama, Heulsuse, erzähl ihr, was Cheech dir getan hat, los!«

»Mama, Mama!« schluchzte Matt verzweifelt.

Cheech hob seinen Ball auf und warf ihn in die Luft. Dann stopfte er ihn in die Tasche und begann zu pfeifen. Langsam trabte er davon.

Von den Hügeln her kam wieder Wind auf, und Matt Shaver lag am Boden und weinte sich in den Schlaf.

Ein Hilfselektriker fand ihn am nächsten Morgen. Er lag ausgestreckt vor der Filmkulisse, die zerbrochene Brille neben seinem Kopf. Der Mann behandelte ihn recht unwirsch, weil er nichts von dem Titel an Matt Shavers Tür wußte, und Matt, klamm vor Kälte und ohne seine Brille halb blind, ließ es sich gefallen, daß er auf dem ganzen Weg bis zum Haupttor wie ein unwillkommener Trunkenbold behandelt wurde. Harry, der Studiowächter, erkannte ihn und rief in seinem Büro an; Ken und Edie kamen angerannt und nahmen ihn ins Schlepptau. Sie brachten ihn zum Bau A zurück, und Benny kümmerte sich sofort um ihn. Er half Matt in sein Büro hinein und machte es ihm auf der Couch bequem; er holte eine Decke und breitete sie über seinen frierenden Körper.

»Kaffee!« verlangte Matt schlotternd. »Bring mir Kaffee, Benny!«

Benny brauchte lange, und als er ankam, war der Kaffee kalt. Matt trank einen Schluck, und seine Runzeln wurden aschfahl; er kippte Benny die braune Flüssigkeit ins überraschte Gesicht.

»Du Trottel!« kreischte er hysterisch. »Er ist kalt! Kannst du denn nichts richtig machen, Cheech? Wofür zum Teufel bezahle ich dich eigentlich?«

Benny wischte sich das nasse, verdutzte Gesicht ab. »Cheech? Na so was, Boss, so ham Sie mich schon seit Jahren nicht mehr genannt. Nicht mehr, seit wir Kinder in der Damn Street waren...«

»Ohne mich wärst du jetzt noch dort, ist dir das klar? Noch derselbe Blödmann wie immer! Und jetzt hol mir *heißen* Kaffee, verstanden?«

»Aber sicher, Boss«, sagte Benny und wandte sich zur Tür.

»Beeil dich! Und bring ihn heiß!« rief Matt Shaver ihm nach. »Heiß, du Trottel! Heiß! Heiß! Heiß!«

Ein Mordsgeschäft

Derry hängte sich die Reisetasche um, lud seine Waffe und stieg aus dem Zug. Im Bahnhofswartesaal zog er ein Paar gelbe Sämischlederhandschuhe an und wieder aus. Selbst ein Blinder hätte ihn nicht übersehen können, dennoch war nahezu eine Stunde verstrichen, ehe der Mann mit den eingefallenen Wangen und einem abgebrochenen Zahnstocher im Mund ihn entdeckte. Er setzte sich neben ihn auf die Bank und sagte: »Schöner Tag für Pferderennen, nicht?«

»Was hat Sie denn aufgehalten?« fragte Derry. »Ich mag es nicht, wenn man mich warten läßt.«

»Erzählen Sie das Harney! Er hat gesagt, Sie kämen mit dem Flugzeug. Ihr Telegramm haben wir erst vor einer Stunde gekriegt.«

»Ich fliege nie freitags. Pech kann ich nicht gebrauchen. Übrigens«, Derry lächelte, »ich möchte mich gern rasieren, bevor ich in die Stadt komme. Ich zeige mich gern von meiner besten Seite.«

Harneys Mann warf ihm einen finsteren Blick zu und führte ihn zu einem Taxi.

Harney arbeitete von einer Spedition aus, deren Lagerhallen im Osten der Stadt lagen. Es ging das Gerücht um, die legale Hälfte seines Unternehmens gehöre seiner Frau; die nicht ganz astreine Vermittlungszentrale betrieb er in eigener Regie. Derry stellte keine neugierigen Fragen, als sie im knarrenden Aufzug in den zweiten Stock hinaufpolterten. Sein Begleiter schob die klappernde Gittertür auf.

»Nach Ihnen, mein Freund!«

Derry betrat den Raum, der eine Meile im Quadrat maß und in dem seine Schritte widerhallten. Helle Klappstühle übersäten den Boden wie ein Schwarm Insekten. Auf der großen Tafel an der Wand standen noch keine Wettquoten; dafür war es noch zu früh. Vier Fernsehgeräte und ein halbes Dutzend Radios waren aufgestellt; die Schreibtische, auf denen sich die Telefonapparate drängten, waren nicht besetzt.

Er wurde ins Büro des Chefs gebracht. Es war eine feudal eingerichtete, gut gepolsterte Zelle, und der feudale, gut gepolsterte Mann im Drehstuhl war Rupert Harney. Anscheinend genoß er es, fett zu sein, denn er rieb sich unentwegt den unter einem ausgezeichnet geschnittenen, grauen Anzug gewölbten Bauch. Er hatte einen verkniffenen, bitteren Zug um den Mund, wie einer, der eine Zitrone auslutscht.

»Es wird auch langsam Zeit«, knurrte Harney. »Was haben Sie sich denn dabei gedacht, den Zug zu nehmen? Wenn ich jemanden engagiere, dann erwarte ich, daß er meine Anordnungen befolgt.«

Derry streifte die gelben Handschuhe ab und legte sie auf den Schreibtisch. »Wollen Sie geifern oder wollen Sie mit mir reden?« fragte er, während er Platz nahm.

»Na schön«, sagte Harney. »Also reden Sie schon!«

»Mein Erfolgshonorar beträgt drei Riesen. Ich mache saubere Arbeit. Zeit und Ort suche ich mir selbst aus. Noch irgendwelche Fragen?«

»Ein Freund von mir von der Vereinigung der Tütenkleber hat Sie empfohlen.«

Derrys Miene verdüsterte sich. »Für diese Gewerkschaft arbeite ich nicht mehr, ich übernehme nur noch private

Fälle. Ich verstehe mich schließlich auch als Arbeitnehmer. Warum sollte ich einem anderen in die Quere kommen?«

»Das ist ein privater Fall. Ihre Zielscheibe ist ein Typ namens Eddie Breech.«

»Was haben Sie gegen ihn?«

»Seit wann geht das Sie etwas an?«

Derry zuckte die Schultern. »Wie Sie wollen.«

»Früher hat Breech für *mich* gearbeitet«, sagte Harney mißmutig. »Er hat das beste Gebiet in der Stadt gehabt. Seine Einnahmen lagen so bei fünf Riesen in der Woche. Nur, dann gingen sie allmählich zurück, verstehen Sie? In einer Woche vier, in der nächsten zwei, an der Sache war etwas faul. Ich hab' zwei und zwei zusammengezählt und mir meinen Reim darauf gemacht. Noch etwas, was Sie wissen möchten?«

»Sie meinen, er legt Sie rein?« Derry lachte. »Da fühle ich mich gleich wohler. Ich kann nämlich unehrliche Leute nicht ausstehen. Sie nicht auch, Mr. Harney?«

»Ich dachte, ich hätte einen Schützen engagiert, Derry, und keinen Komiker.«

»Das Leben ist kurz«, griente Derry. »Es schadet nichts, wenn wir was zu lachen haben.«

»Ich werde lachen«, sagte Harney grimmig. »Ich werde lachen, sobald Breech ins Gras gebissen hat. Earl, der Kerl, der Sie abgeholt hat, wird Ihnen flüstern, wo Sie Breech finden können. Sehen Sie zu, daß Sie es schnell erledigen können, und passen Sie auf, daß ich aus der Sache rausgehalten werde! Das wäre alles.«

»Nicht alles, Mr. Harney«, wandte Derry freundlich ein. »In Fällen wie diesem ist eine Anzahlung willkommen.«

Harney lächelte spöttisch und blätterte Banknoten aus einer Brieftasche heraus, die genauso fett war wie er. Derry zählte dreihundert, nickte und stopfte sie in seine Tasche. Dann zog er seine gelben Handschuhe wieder an.

Earl erwartete ihn vor der Tür, zwischen seinen Zähnen tanzte ein neuer Zahnstocher.

Eddie Breech wohnte in prächtiger Lage inmitten des Nobelviertels, aus dem seine wettfreudigen Kunden stammten, nur war das Apartmenthaus weniger vornehm als die Nachbarhäuser. Derry, der auf der gegenüberliegenden Straßenseite neben Earl im geparkten Auto saß, schaute hinauf und zählte die Fenster.

»Fünf Uhr«, stellte er fest. »Haben Sie nicht gesagt, er würde spätestens um diese Zeit nach Hause kommen?«

»Normalerweise tut er das freitags. Er bringt seine Frau Freitag nachmittag immer zum Arzt.«

»Sie haben mir nicht gesagt, daß er verheiratet ist.«

Earl verzog den Mund. »Spielt das 'ne Rolle?«

»Sicher«, antwortete Derry grinsend. »Ich mache gern reiche Witwen.«

Ein funkelnder Buick hielt vor der Einfahrt. Earl holte ein Fernglas aus dem Handschuhfach und reichte es Derry. Er stellte es ein.

Der Mann, der am Steuer gesessen hatte und sich von seinem Sitz schwang, war klein, breitschultrig und elegant gekleidet. Der Portier kam angelaufen, um ihm zur Hand zu gehen. Er öffnete die Hecktür und wuchtete etwas aus dem Kofferraum. Breech half inzwischen einer Frau vom Beifahrersitz. Sie schienen gut aufeinander eingespielt zu sein, und Derry beobachtete sie neugierig. Dann sah er, was da vor sich ging. Der Gegenstand im Kofferraum war ein Rollstuhl. Die Frau auf dem Beifahrersitz war Breechs Frau, und sie konnte ihre Beine nicht benutzen.

Derry riß das Fernglas an die Augen. Während Breech die Frau aus dem Auto hob, sah er nur seinen Hinterkopf. Sie legte die Arme um seinen Hals. Derry richtete den Feldstecher auf ihr Gesicht, und sein Blick blieb an ihr hängen. Sie war blond, so blond, daß ihr Haar beinahe weiß zu sein schien. Ihre Haut war noch weißer. Ein Geist, ein schöner Spuk.

»Sehen Sie ihn gut?« fragte Earl.

»Was?« Derry schaute ihn dumm an. Dann hob er das Fernglas wieder und erhaschte noch einen Blick auf Eddie Breechs Profil. Breech sah gut aus, hatte aber einen etwas mürrischen Zug um den jungenhaften Schmollmund.

Sie hatten die Frau inzwischen in den Rollstuhl gesetzt und schoben sie ins Haus. Earl schaltete die Zündung ein.

»Wo sind Sie abgestiegen?« fragte er.

Derry mußte erst überlegen. »Äh, im Hotel Gracey, in der 44. Straße.« Er blickte aus dem Fenster. »Wieso hat Breech eine verkrüppelte Frau geheiratet?«

»Hat er ja nicht«, feixte Earl. »Als er sie heiratete, war das Weibsbild noch ganz unbeschädigt. Was dann passiert ist, war allein Eddies Schuld. Sie haben sich gestritten, und er hat ihr eins übergebraten. Da fiel sie 'ne Treppe runter und hat sich das Rückgrat gebrochen.«

»Hört sich an, als wär er ein richtig netter Junge. Muß ein Vergnügen sein, mit ihm zu tun zu haben.«

»Na ja, aber vergessen Sie nicht, daß Sie das für Harney machen und nicht für das Weibsbild!«

»Das vergesse ich schon nicht«, versicherte Derry und tastete nach den Banknoten in seiner Tasche.

Das Hotel Gracey war genau das, was Derry wollte. Drei Dollar pro Tag und Anonymität. Er ließ die Jalousien herunter, nahm einen Schluck aus dem Flachmann in seinem Koffer und ging zu Bett. Er schloß die Augen und sah das Gesicht der Blondine vor sich. Er öffnete sie, verfolgte einen Riß in der Zimmerdecke, schloß sie und sah wieder die Blonde. Er drehte sich auf die andere Seite, drückte das Gesicht ins Kissen – und dachte an sie. Er fluchte, schaltete die Nachttischlampe ein und rauchte eine Zigarette. Nach einer Weile schlief er ein, während er sich noch fragte, wie sie wohl heißen mochte.

Am darauffolgenden Tag fand er es heraus. Er sah sich die Kneipen ins Breechs Nachbarschaft an. Die am nächsten gelegene hieß Lucky Star. Er ging hinein, bestellte sich einen Drink und kam ins Gespräch.

»Aber ja«, sagte der Barkeeper, »natürlich kenne ich Mr. Breech, er ist ein guter Kunde. Hören Sie, falls Sie jemals wetten wollen...«

»Schon schlimm, die Sache mit seiner Frau, was?«

»Er bringt sie manchmal rein, wissen Sie das? Mrs. Breech, die ist eine echte Lady. Er behandelt sie gut.«

»Wirklich?« fragte Derry trocken. »Soviel ich gehört habe, hat Breech sie in den Rollstuhl gebracht.«

»Davon weiß ich nichts. Aber er behandelt sie prima. Dauernd schiebt er ihren Rollstuhl rum und kauft ihr alles mögliche. Einmal in der Woche fährt er sie zum Arzt zur Behandlung. Wenn Sie mich fragen, Krüppel oder nicht, so stelle ich mir eine glückliche Ehe vor.«

Derry schnaubte, knallte einen Geldschein auf den Tresen und stapfte hinaus. Dann drehte er sich um und wollte noch ein letztes wissen: ihren Namen.

»Er nennt sie Connie«, sagte der Barkeeper.

Bis zum Mittwoch hatte Derry seinen Plan geschmiedet. Er war einfach und direkt, und das gefiel ihm. Eddie Breech parkte sein Auto für gewöhnlich einen Häuserblock von seiner Wohnung entfernt in einer Seitenstraße. Er benutzte ihn zu sonderbaren Zeiten, also mußte Derry in der Gegend herumlungern und warten.

Am Mittwoch abend um halb neun lag er im Eingang einer chemischen Reinigung auf der Lauer, als Breech die Straße entlangkam und auf seinen Buick zuging – er war allein. Derry sah ihm zu, wie er die Wagentür aufschloß und sich ans Steuer setzte. Er sprang aus dem Schatten heraus, öffnete flink die Beifahrertür und ließ sich mit bereits gezücktem Revolver auf den Sitz fallen. Es war schnell, sauber und reibungslos gelaufen.

Breech glotzte ihn an, sein jungenhafter Mund stand offen.

»Was zum Teufel wollen Sie?« fragte er.

»Lassen Sie den Motor an!« befahl Derry. »Fahren Sie in westlicher Richtung zum Highway. Halten Sie nicht an, bevor ich es Ihnen sage.«

»Hören Sie, ich habe keine fünf Dollar bei mir...«

»Lassen Sie den Motor an!«

Breech drehte den Zündschlüssel herum und steuerte vom Bordstein weg. Sobald sie den Highway erreichten, dirigierte Derry ihn Richtung Norden. Breech vermochte nicht in der Spur zu bleiben, so sehr flatterte das Lenkrad in seinen Händen. Derry fluchte, doch das machte Breech nur noch nervöser.

»Hat Harney sie geschickt?« fragte er. »Ist das der Grund?«

»Fahren Sie weiter, Mann!«

»Werden Sie mich umbringen?«

Derry antwortete nicht.

»Hören Sie, schließen wir doch einen Handel! Wenn Harney Sie geschickt hat, biete ich Ihnen das Doppelte. Sie brauchen mir nur zu sagen, wieviel!«

»Wie kommen Sie darauf, daß es Harney war?« fragte Derry. »Vielleicht war es Ihre Frau. Harney ist sicher nicht der einzige, der Sie auf den Tod nicht ausstehen kann, stimmt's?«

»Connie? Sind Sie verrückt? Connie braucht mich...«

»Sie braucht Sie, wozu denn? Damit Sie ihr wieder eins überbraten?«

»Wer hat Ihnen das erzählt?«

»Sie müssen ganz schön tapfer gewesen sein. Eine Frau zu prügeln, dazu gehört wirklich Mut.«

»Ich versuche ja, es wiedergutzumachen«, beteuerte Breech. »Um Gottes willen, so geben Sie mir doch die Chance, es wiedergutzumachen! Dafür habe ich schließlich die ganze Knete gebraucht, das ist der einzige Grund...«

»Also haben Sie Harney wirklich übers Ohr gehaun, hmh?« erkundigte sich Derry.

»Ich würde meine eigene Großmutter übers Ohr haun, wenn Connie damit geholfen wäre!« Er sah Derry an und erklärte brummig: »Das können Sie doch nicht verstehen...«

»Lassen Sie Ihre Augen dort, wo sie hingehören!« sagte Derry.

Sie nahmen die erste Ausfahrt nach der Mautstelle. Derry befahl ihm, den Wagen anzuhalten. Breech sank am Steuer vornüber, er atmete schwer, und sein Blick war verschwommen.

»Na los«, murmelte er, »bringen Sie's hinter sich!«

Derry fingerte an dem Revolver in seiner Tasche herum.

»Wie haben Sie ihr geholfen?«

»Was?«

»Wie haben Sie Ihrer Frau geholfen? Dieser Arzt, den Sie jede Woche aufsuchen, hat der gesagt, daß noch etwas zu machen ist?«

Breech legte die Stirn aufs Lenkrad.

»Nein«, antwortete er mit erstickter Stimme. »Das Rückenmark ist beschädigt. Er kann ihr nur etwas Linderung verschaffen.«

»Vielleicht wäre sie ja ohne Sie besser dran.«

»Mag sein«, sagte Breech.

Derry blickte ihn einen Moment lang an, dann zog er die Hand aus der Tasche, ohne den Revolver.

»Wenden Sie den Wagen!« befahl er. »Wir fahren zu Ihrer Wohnung zurück.«

Während Breech den Schlüssel ins Schloß steckte, hörte Derry den Rollstuhl hastig auf die Tür zukommen. Als sie aufging, war die Frau bereits am Eingang. Ihre großen meergrünen Augen leuchteten in dem bleichen Gesicht und sahen überrascht und neugierig zu ihnen auf.

»Ich habe dich gar nicht so früh erwartet, Eddie…«

»Das ist ein Freund«, brummte Breech. »Wir haben uns unten getroffen und sind ins Plaudern gekommen.«

Connie schaute Derry an; beim Anblick ihres weiß schimmernden Gesichts wurde ihm heiß, und er fühlte sich unbehaglich. »Ich hole Ihnen etwas zu trinken«, erklärte sie fröhlich, während sie die Hände auf die Räder legte. »Eddie behauptet, ich bin der beste rollende Barkeeper in der ganzen Stadt – schaun Sie nur!«

»Das ist nicht nötig, Mrs. Breech.« Derry knöpfte seinen Regenmantel auf und nahm Platz. »Setzen wir uns doch alle hin und reden wir mal miteinander«, schlug er vor.

Connie sah Breech an, der eine Grimasse schnitt. »Tu, was er sagt«, befahl er ihr. »Das ist seine Show.«

Connies fragende Augen suchten Derrys Blick.

»Ich arbeite für Rupert Harney«, begann er vorsichtig. »Harney ist sauer auf Ihren Mann, Mrs. Breech. Er glaubt, daß er ihn bei der Abrechnung bemogelt hat.«

»Oh, mein Gott«, entfuhr es der Frau.

»Das ist nicht wahr«, wandte Breech ein. »Ich hab' das Recht, auch eigene Geschäfte zu machen.«

»Aber nicht mit Harneys Kundschaft.« Derry wandte sich an die Frau. »Harney ist sauer. Und wenn Mr. Harney sauer ist, kennt er nur ein Heilmittel. Heute abend hätte es das da sein können.«

Er griff in die Tasche und zog den Revolver heraus. Geräuschvoll legte er ihn auf den Tisch.

Connie begann zu schluchzen und verbarg ihr Gesicht.

»In meinem ganzen Leben habe ich noch nie etwas Dümmeres getan«, meinte Derry, »als das, was ich jetzt gerade tue.«

»Ich habe Ihnen doch gesagt, ich zahle...« blaffte Breech.

Derry warf ihm einen wütenden Blick zu. »Glauben Sie vielleicht, das ist so einfach? Glauben Sie, Harney läßt locker, nur weil ich gekniffen habe? Denken Sie doch noch mal nach, Mister! Wenn ich aus dem Job aussteige, steigt ein anderer ein. Ein Schütze findet sich immer.«

»Was können wir dann tun?«

Derry schlug die Beine übereinander und lehnte sich zurück.

»Da gibt's nur eins. Der Job muß erledigt werden.«

»Heh...«

»Immer mit der Ruhe! Der Job muß ja nur so erledigt werden, daß Rupert Harney zufrieden ist. Das heißt, Sie müssen sich tot stellen, Eddie.«

»Wir könnten vielleicht aus der Stadt abhauen. Vielleicht nach Mexiko...«

»Das würde nicht reichen«, wehrte Derry angewidert ab. »Harney würde sich nicht mit Ihrem bloßen Verschwinden begnügen. Harney will eine Leiche haben.«

Derry beugte sich vor.

»Es gibt eine Möglichkeit«, sagte er. »Ich werde dafür zwar meinen Kopf riskieren müssen, und ich werde ein paar Unkosten haben, aber es gibt eine Möglichkeit.«

»Was für Unkosten?«

»Das sage ich Ihnen noch.« Derry stand auf und knöpfte seinen Regenmantel wieder zu. »Wenn es klappt, dann klappt es schnell. Halten Sie eine gepackte Reisetasche bereit, und richten Sie sich darauf ein, das Land zu verlassen! Lassen Sie sich vorsorglich für ein paar Flüge vormerken! Bleiben Sie in der Wohnung, und lassen Sie keine Fremden herein!« Er warf einen Blick auf den Revolver, der auf dem Couchtisch lag. »Behalten Sie den«, sagte er. »Für den Fall, daß es Ärger gibt.«

Die Frau blickte zu ihm auf. »Wie können wir Ihnen nur danken?«

»Indem Sie meine Anordnungen befolgen«, erklärte Derry.

Dann ging er hinaus.

Er rief Joe Figaro in der Leichenhalle an, und Figaro klang vage und unwillig. Mit einem Taxi fuhr Derry zu dem

Bestattungsunternehmer und erkannte, warum Figaro sich anders als früher angehört hatte: Er war auf seine alten Tage wohlhabend, vorsichtig und ängstlich geworden.

»Schau mal, Derry«, sagte Figaro nervös. »Die alten Zeiten sind vorbei. Jetzt verdiene ich legal mehr Geld als früher auf die krumme Tour. Für mich zahlt sich ein Verbrechen nicht aus, so wie es überall auf den Plakaten steht.«

Derry lachte. »Was ich will, ist nicht gesetzwidrig«, sagte er. »Jedenfalls fast nicht. Ich möchte etwas kaufen.«

»Was?«

»Du bist der einzige in der Stadt, der das, was ich möchte, auf Lager hat, Joe. Oder du weißt wenigstens, wo ich es kriegen kann. Ich will eine Leiche.«

Zwanzig Minuten lang argumentierten, protestierten und feilschten sie. Als Derry das Beerdigungsinstitut verließ, wußte er, daß Joe ihn nicht hängenlassen würde. Es gab ein halbes Dutzend Möglichkeiten, wie er einen Toten aus der Leichenhalle abzweigen konnte, und Joe kannte sie alle. Derry kehrte ins Hotel Gracey zurück und wartete.

Am nächsten Tag rief Joe ihn mittags an.

»Alles klar«, sagte er. »Es ist die Leiche eines kleinen, stämmigen Typs, vielleicht um die fünfzig, mit jeder Menge Schnurrbart. Macht das was?«

»Nein, das macht nichts«, antwortete Derry. »Wann kann ich ihn in Empfang nehmen?«

»Heute abend. Du kannst mit deinem Wagen an den Hintereingang fahren, sagen wir gegen elf.«

»Ich komme«, versprach Derry.

Er stattete den Breechs einen Besuch ab. Eddie hatte früh zu trinken angefangen und brummelte ärgerlich vor sich hin. Connie Breech war ruhig.

»Alles ist vorbereitet«, erzählte er ihnen. »Ab morgen früh sind Sie ein toter Mann. Sie können die Stadt heute abend verlassen, falls Sie einen Flug bekommen.«

»Um neun fliegt eine Maschine, nach Mexico City. Wir haben sicherheitshalber Plätze reservieren lassen. Was kostet mich das, was Sie tun?«

»Einen Riesen, etwas Schmuck und Ihren Buick.«

»Aber ich brauche ein Auto...«

»In Mexiko werden Sie es nicht brauchen. Die haben Esel.«

»Hör auf ihn, Eddie«, flehte Connie. »Bitte hör auf ihn!«

»Geben Sie mir Ihre Brieftasche, Ihre Uhr und irgendwelchen Schmuck, den Sie tragen«, sagte Derry. »Hat dieser Ehering eine Inschrift? Gut, her damit!«

»Was haben Sie denn vor?«

»Heute nacht wird eine Leiche in Ihrem Auto sitzen. Sie wird ziemlich verkohlt sein, aber niemand wird den geringsten Zweifel daran hegen, wer es ist. Verstanden?«

»Eine Leiche?« Connie schauderte.

»Keine Angst, der Kerl ist schon tot, es tut ihm nicht mehr weh. Inzwischen sehen Sie zu, daß Sie so schnell wie möglich aus der Stadt verschwinden. Wenn diese Leiche gefunden wird, wird man denken, Sie seien tot. Ich möchte nicht, daß Sie sich dann noch hier rumtreiben und mich Lügen strafen.«

»Natürlich«, höhnte Eddie. »Da würde Ihnen ja der Kies entgehen, nicht wahr? Das Geld, das Ihnen Harney zahlt.«

»Eddie!« rief seine Frau gequält.

»Schon gut, Mrs. Breech«, beschwichtigte Derry sie. »Sorgen Sie nur dafür, daß Ihr Mann tut, was ich sage. Ich nehme jetzt das Geld und diesen Schmuck mit, mein Freund. Und die Autoschlüssel.«

Eddie Breech übergab sie ihm.

Um zehn Minuten vor elf steuerte er den Buick an Joe Figaros Hintertür. Figaro machte ihm auf und bat ihn hinein. Der Leichnam war mit einem Leintuch zugedeckt, und Derry zog es zurück, um einen Blick auf das verdutzte, ja empörte Gesicht des Mannes zu werfen, den der Tod anscheinend überraschend heimgesucht hatte. Derry versah den Leichnam mit Breechs Uhr, Ring und Krawattennadel, und dann brachten sie ihn auf einer Bahre hinaus.

Derry zahlte dem Bestattungsunternehmer fünfhundert in bar und fuhr davon.

Er war zehn Meilen von der Stadt und eine halbe Meile von einem Motel an der Straße entfernt, als er den Seitenweg fand, der ihm für sein Vorhaben geeignet schien. Er legte Breechs Brieftasche ins Handschuhfach, dann zerrte er den Leichnam auf den Fahrersitz. Es war gar nicht so einfach, ihn hinter das Lenkrad zu zwängen.

Darauf ging er an den Kofferraum und holte zwei Kanister Benzin heraus. Er schraubte beide auf und übergoß sowohl das Auto als auch den Toten reichlich. Er trat einen Schritt zurück, zog die Fahrertür weit auf und zündete ein Streichholz an. Er warf es der Leiche in den Schoß und spurtete gut trainiert vom Schauplatz, bevor sich das Feuer ausbreitete. Als die Flammen den Benzintank erreichten, hatte er sich bereits in Sicherheit gebracht. Er sah nur noch die Baumwipfel im grellen Licht der Explosion aufleuchten.

Derry lief zu Fuß in das Motel und meldete sich an.

Sobald er allein in seinem Zimmer war, sank er mitsamt den Kleidern aufs Bett und in einen tiefen Schlaf.

Am Morgen fuhr Derry mit einem Taxi aus der Gegend in die Stadt. Er ließ sich drei Häuserblocks von Harneys Spedition entfernt absetzen.

Als er das Büro des Buchmachers betrat, erhob sich Harney hinter seinem Schreibtisch, und jedes Pfund an ihm bebte vor Erregung.

»Es ist vorbei«, sagte Derry.

»Wie haben Sie es gemacht? Erzählen Sie mir die Einzelheiten!«

Derry zündete sich eine Zigarette an und hielt das Streichholz hoch, bis die Flamme seine Finger erreichte.

»So habe ich es gemacht«, erklärte er. »Genau so. Wenn Sie sehen wollen, was übriggeblieben ist, dann unternehmen Sie eine Spazierfahrt über die Route 6 und biegen an der Potter Valley Road nach links ab. Es ist aber nicht mehr viel vorhanden von dem Auto. Von Ihrem Freund Eddie Breech eigentlich auch nicht.«

Harney schluckte und setzte sich wieder.

»Ich nehme an, Sie wollen jetzt Ihr Geld«, sagte er.

»Ungefähr das habe ich mir vorgestellt.«

Derry zog mit einer prall gefüllten Brieftasche von dannen. Dreitausend und die zusätzlichen fünfhundert von Breech, das war schon ein ganz schönes Sümmchen. Er fühlte sich wohl. Reich, sauber und wohl.

Er war noch keinen halben Häuserblock von der Lagerhalle entfernt, als er hinter sich Schritte hörte. Böses ahnend, spannte er seine Muskeln an. Doch sie hatten ihn eingeholt, bevor er etwas unternehmen konnte; die beiden Männer, die ihm gefolgt waren, tauchten links und rechts von ihm auf und setzten ihn außer Gefecht. Er blieb ruhig.

»Sie heißen William Derry?« fragte einer der beiden.

»Ja, das stimmt.« Er wandte den Kopf, um sie sich anzusehen, einen nach dem anderen. Der Mann zu seiner Linken hatte ihn am Ellbogen gepackt und drängte ihn vorwärts. Es war ein fester, gebieterischer Griff.

»Gehen Sie weiter, Derry, wir haben einen Haftbefehl gegen Sie.«

»Gegen mich? Das muß ein Irrtum sein...«

»Gehen Sie weiter!«

Ein Auto erwartete sie am Straßenrand. Derry, der im Laufe seiner Karriere schon mehrmals verhaftet, aber noch nie verurteilt worden war, ließ sich nicht einschüchtern.

»Worum geht es eigentlich?« fragte er wie beiläufig. »Was wird mir denn zur Last gelegt?«

»Das werden Sie alles noch hören, Derry.«

Er bekam mehr zu hören, als er erwartet hatte. Im Polizeipräsidium führten sie ihn in das Büro eines Lieutenants, der Geer hieß. Geer war ein Mann mit kantigem Gesicht und heiserer Stimme, der sofort zur Sache kam.

»Kennen Sie einen Mann namens Rupert Harney?«

»Ich bin ihm ein- oder zweimal begegnet.«

»Da haben wir allerdings andere Informationen, Derry. Soviel wir erfahren haben, sind Sie vor einer Woche auf Harneys Kosten in die Stadt gekommen. Stimmt das?«

»Ich kann es mir leisten, mein Fahrgeld selbst zu bezahlen, Lieutenant.«

»Aber diesmal hatten Sie einen besonderen Anlaß, nicht wahr? Er hat Sie für einen ganz besonderen Job engagiert. Wie Sie sehen«, sagte Geer grimmig, »gibt es nicht viel, was wir über Harney nicht wüßten. Zu Ihrer Information, das Büro des Bezirksstaatsanwalts bereitet seit einem halben Jahr eine Anklage gegen Ihren Freund, den Buchmacher, vor. Ihr Pech, daß Sie ausgerechnet jetzt auf der Bildfläche erschienen sind.«

»Ich weiß nicht, wovon Sie reden.«

Geer zückte ein Notizbuch.

»›Derry kam am Freitag an‹«, las er vor. »›Harney hat ihn hergeholt, um einen Kerl namens Eddie Breech umzulegen. Breech hat für Harney gearbeitet, aber dann Wetten auf eigene Rechnung angenommen. Derrys Honorar für den Job waren drei Riesen. Derry ist in einem Hotel abgestiegen, das Gracey heißt. Er hat nicht gesagt, wie er Breech umbringen wollte ...‹«

Geer sah hoch.

»Ist das soweit richtig, Derry? Es ist ein Teil einer Aussage, die wir vor einigen Stunden von einem bekommen haben, der sowohl Sie als auch Harney kennt. Der Kerl, der da ausgepackt hat, war an Ort und Stelle. Er tritt als Kronzeuge auf, um eine mildere Strafe zu bekommen. Wahrscheinlich bekommt er auch eine.«

Derry stellte sich Earls geistloses Gesicht vor, den Zahnstocher zwischen den schlechten Zähnen, und fluchte insgeheim.

»Sie können sich selbst in gleicher Weise helfen, Derry. Sie können uns sagen, wo Eddie Breech jetzt ist. Wir haben seine Wohnung überprüft, doch es ist niemand zu Hause. Auch seine Frau nicht. Sie ist gelähmt, Derry, aber ich nehme an, das wissen Sie. Haben Sie mit ihr auch kurzen Prozeß gemacht?«

Derry lächelte.

»Na schön«, sagte er. »Ich werde Ihnen erzählen, was Sie wissen wollen.«

Sie gaben ihm die erste Zigarette und ein Glas Wasser.

»Stimmt«, sagte er. »Ich bin engagiert worden, um Eddie Breech zu töten. Harney hat mich geholt und mir den Auftrag dazu gegeben. Er wollte Breech töten lassen, weil er ihn hintergangen hatte. Ich habe Harney gesagt, daß ich diese Arbeit noch nie gemacht habe...« Geer schnaubte, unterbrach ihn jedoch nicht. »Aber ich habe zugesagt.«

»Wie haben Sie es geschafft? Wo ist Breechs Leiche?«

»Sie werden keine Leiche finden. Jedenfalls nicht die von Eddie Breech. Ich bin zu Breech gegangen und habe ihm die ganze Geschichte erzählt, ihm und seiner Frau. Sie haben mir leid getan. Ich habe ihnen erklärt, daß ich ihnen zwar nichts tun würde, was aber keineswegs heißt, daß sie sicher wären. Harney würde bloß einen anderen für diesen Job engagieren.«

»Das war aber nett von Ihnen«, warf Geer bissig ein.

»Ich habe ihnen gesagt, der einzige Ausweg wäre, den Anschein zu erwecken, als sei Breech tatsächlich ermordet worden. Ich habe ihnen versprochen, ich würde alles für sie arrangieren.«

»Und das haben Sie getan?«

»Ich habe mir einen Toten verschafft, einen, der bereits tot war, aus einem Beerdigungsinstitut, das ich kenne. Diese Leiche habe ich in Breechs Wagen gesetzt. Dann bin ich auf der Route 6 hinausgefahren und habe in einer Seitenstraße gehalten, die Potter Valley Road heißt. Ich habe das Auto mit Benzin übergossen und angezündet. Sie werden zwar Breechs Uhr und seinen Ehering an der Leiche finden – aber der Tote ist nicht Breech.«

Geer schüttelte langsam den Kopf.

»Das verstehe ich nicht. Warum hat Ihnen denn der Kerl so leid getan?«

»Wegen seiner Frau. Er hat sie einmal geschlagen und dadurch zum Krüppel gemacht. Jetzt versucht er, ihr zu helfen. Deshalb hat er Harney um das Geld betrogen, weil er seiner Frau helfen wollte. Verdammt noch mal, ich hätte selbst vielleicht genauso gehandelt.«

»Sehr rührend«, sagte Geer trocken. »Der einzige Ärger ist nur, daß es nicht wahr ist.«

»Was?«

»Oh, die Verletzung seiner Frau geht wirklich auf Eddies Konto. Er hat sie mal die Treppe runtergeworfen. Aber wissen Sie auch warum?«

»Sie haben sich gestritten...«

»O ja, und wie! Sie hat ihn mit einer anderen Frau erwischt, mit einer flotten Biene namens Greta Damon. Und wenn Sie etwa glauben, Breech hätte sie danach aufgegeben, dann sind Sie nicht ganz dicht. Er hat seine Frau seither andauernd betrogen; daß sie im Rollstuhl saß, hat es nur um so leichter gemacht. Und seine Frau wußte es; das war hart; sie wußte genau Bescheid.«

Derrys Miene verdüsterte sich.

»Das spielt ja jetzt keine Rolle mehr«, sagte er grimmig. »Überhaupt keine mehr. In diesem Augenblick sind sie nämlich unterwegs nach Mexiko...«

»Sie sind ein Lügner, Derry.«

»Was?«

»Sie erzählen da eine hübsche Geschichte. Hübsch und rührend. Aber ich habe eine andere gehört.«

Derry starrte ihn entgeistert an.

»Sie haben mit Breech tatsächlich einen Handel geschlossen«, sagte Geer. »Er hat Ihnen tausend Dollar gegeben, und Sie haben diesen Autounfall vorgetäuscht. Aber Sie wollten von beiden Seiten kassieren, nicht wahr?«

»Das ist eine Lüge! Ich habe ihnen geholfen zu entkommen!«

»Wirklich?«

Geer angelte ein Blatt Papier von seinem Schreibtisch.

»Eddie Breech, 29, männlich, weiß, erschossen aufgefunden in seiner Wohnung, 73. Straße Ost, Nummer 704. Die Kugeln stammen aus einer 38er Smith and Wesson, die am Tatort gefunden wurde. Die Waffe ist unter dem Namen William Derry registriert. So sind Sie zu den drei Riesen von Harney gekommen, Derry. Weil Sie Ihren Job ausgeführt haben.«

»Das ist nicht wahr! Breech hat das Flugzeug genommen! Er sitzt jetzt im Flugzeug!«

»Er liegt im Leichenschauhaus«, sagte Geer barsch. »Constance Breech hat uns die ganze Geschichte erzählt. Sie war im Schlafzimmer, als sie die Schüsse hörte. Sie kam heraus und sah Sie dastehen, mit der Waffe in der Hand. Sie hatten diese gräßlichen gelben Handschuhe an. Sie schrie, und da ließen Sie die Waffe fallen und rannten davon.«

Geer beugte sich näher zu ihm, seine Kinnlade berührte beinahe Derrys kreideweißes Gesicht.

»Sie hätten sie auch umbringen sollen, Derry. Das war Ihr Fehler. Sie hätten nicht so weichherzig sein dürfen . . .«

Derry schloß die Augen; wie immer sah er die Frau vor sich: bleich, leuchtend blond, ein schöner Geist.

»Nein«, sagte er. »Da haben Sie recht.«

Der Kandidat

Den Wert eines Mannes erkennt man am Format seiner Feinde. Als Burton Grunzer in der Taschenbuchausgabe einer Biografie, die er an einem Zeitungskiosk erstanden hatte, auf diesen Satz stieß, ließ er das Buch auf den Schoß sinken, und da starrte ihm aus dem trüben Fenster des Pendlerzugs sein eigenes Gesicht entgegen. Die Dunkelheit versilberte das Glas und bot ihm keinen anderen Anblick als den seines Spiegelbildes, doch das schien seinen Überlegungen nur förderlich zu sein. Wie viele Feinde hatte dieses Gesicht eigentlich, hatten diese schmalen Augen, die er ein wenig zusammenkniff, weil sie kurzsichtig waren und er sich aus Eitelkeit weigerte, den Sehfehler mit einer Brille zu korrigieren, diese Nase, die er insgeheim eine Patriziernase nannte, und der Mund, der in entspanntem Zustand weich war, aber einen harten Zug annahm, sobald er sprach, lächelte oder eine finstere Miene aufsetzte? Wie viele Feinde mochte er haben? Grunzer sann darüber nach. Einige konnte er nennen, bei anderen konnte er es nur vermuten. Aber es kam ja auf ihr Format an. Männer wie Whitman Hayes zum Beispiel gaben hochkarätige Gegner ab. Grunzer lächelte und warf einen kurzen Seitenblick auf den Mann, der neben ihm saß, denn er wollte nicht dabei ertappt werden, wie er genüßlich einem sorgfältig gehüteten Gedanken nachhing. Grunzer war vierunddreißig; Hayes war doppelt so alt, sein weißes Haar gleichzusetzen mit Erfahrung, ein Feind, auf den man stolz sein konnte. Hayes kannte die Nahrungsmittelbranche, na schön, er kannte sie von jeder Seite: Sechs Jahre lang war er Großhändler gewesen, zehn Jahre Makler und zwanzig Jahre lang hatte er eine einschlägige Gesellschaft geleitet, bevor der Alte ihn in die Firma geholt und auf den Platz zu seiner Rechten gesetzt hatte. Hayes unterzukriegen, war nicht einfach, und das versüßte Grunzers bescheidene, aber wachsende Triumphe nur um so mehr. Er beglückwünschte sich selbst. Er hatte Hayes' Vorzüge in Nachteile verkehrt, dessen reifes Alter als Senilität hingestellt und tat so, als zähle dieser bereits zum alten Eisen; bei Besprechungen hatte er seine Fragen auf das Phänomen der neuen Supermärkte und Vorstadtläden konzentriert, um dem Alten zu zeigen, daß sich die Zeiten geändert hätten, daß die Vergangenheit tot sei, daß neue Vertriebsstrategien erforderlich seien und daß nur ein jüngerer Mann sie entwickeln könne...

Plötzlich fühlte er sich niedergeschlagen. Seine Freude über die Siege, deren er sich entsann, schmeckte schal. Gewiß, er hatte im Sitzungssaal der Firma ein oder zwei kleinere Schlachten gewonnen; er hatte es geschafft, daß Hayes' von Natur aus rosiges Gesicht puterrot angelaufen war, und er hatte gesehen, wie ein verschlagenes Grinsen die Pergamenthaut des Alten zerknittert hatte. Aber was hatte er damit erreicht? Hayes schien selbstsicherer denn je und der Alte noch mehr auf seinen Rat angewiesen...

Als Grunzer zu Hause eintraf, später als gewöhnlich, da stellte seine Frau Jean keine Fragen. Nach acht Jahren kinderloser Ehe, in denen sie ihren Mann beinahe zu gut kennengelernt hatte, empfing sie ihn nur mit einem stummen Gruß, einer warmen Mahlzeit und der Post des Tages. Grunzer überflog die Rechnungen und Rundschreiben und fand dazwischen einen Brief ohne Absender. Er schob ihn, da er ihn ungestörter Lektüre vorbehalten wollte, in die Gesäßtasche und beendete sein Mahl schweigend.

Nach dem Essen schlug Jean einen Film vor, und er stimmte zu; er hatte eine Vorliebe für brutale Actionfilme. Doch zuvor schloß er sich im Badezimmer ein und öffnete den Umschlag. Der Briefkopf war rätselhaft: *Gesellschaft für Vereintes Handeln*. Die Anschrift war ein Postfach. Er las:

Sehr geehrter Mister Grunzer,
Ihr Name wurde uns von einem gemeinsamen Bekannten genannt. Unsere Organisation erfüllt eine ungewöhnliche Aufgabe, die sich in diesem Brief nicht beschreiben läßt, die Sie aber äußerst interessant finden dürften. Wir würden uns sehr über ein persönliches Gespräch zum frühestmöglichen Zeitpunkt freuen. Falls ich in den nächsten Tagen nichts Gegenteiliges von Ihnen höre, werde ich mir erlauben, Sie in Ihrem Büro anzurufen.

Der Brief war mit *Carl Tucker, Sekretär*, unterschrieben. Eine kleingedruckte Zeile am unteren Rand des Blattes besagte: *Eine gemeinnützige Organisation.*

Seine erste Reaktion war Abwehr; er vermutete einen getarnten Angriff auf seine Brieftasche. Seine zweite war Neugier; er ging ins Schlafzimmer und stöberte das Telefonbuch auf, fand jedoch keine Organisation, die unter dem im Briefkopf genannten Namen eingetragen war. »Okay, Mr. Tucker«, dachte er voll Ironie, »ich beiße an.«

Als in den nächsten drei Tagen kein Anruf kam, wuchs seine Neugier. Aber bis Freitag hatte er im Trubel des

Bürobetriebs vergessen, was der Brief ihm angekündigt hatte. Der Alte hatte eine Sitzung mit dem Sektor Bäckereiprodukte einberufen. Grunzer saß am Konferenztisch Whitman Hayes gegenüber und gierte danach, ihm Fehler in seinen Ausführungen nachweisen zu können. Einmal hatte er es beinahe geschafft, doch Eckhardt, der Leiter der Backwarenabteilung, setzte sich für Hayes' Meinung ein. Eckhardt war erst seit einem Jahr in der Firma, hatte sich aber offensichtlich bereits für eine Seite entschieden. Grunzer warf ihm einen wütenden Blick zu und reservierte im Haßwinkel seines Herzens ein Plätzchen für Eckhardt.

Um drei Uhr rief Carl Tucker an.

»Mr. Grunzer?« Die Stimme klang freundlich, ja sogar fröhlich. »Ich habe nichts von Ihnen gehört, also nehme ich an, Sie haben nichts dagegen, daß ich Sie heute anrufe. Können wir uns irgendwann treffen?«

»Nun ja, Mr. Tucker, wenn Sie mir vielleicht ungefähr sagen könnten . . .«

Sonores Kichern. »Wir sind keine Wohltätigkeitsorganisation, Mr. Grunzer, falls Sie sich das vorgestellt haben sollten. Verkaufen wollen wir auch nichts. Wir sind mehr oder weniger eine Dienstleistungsgruppe auf freiwilliger Basis: Zur Zeit haben wir über tausend Mitglieder.«

»Um ehrlich zu sein«, Grunzer runzelte die Stirn, »ich habe noch nie etwas von Ihnen gehört.«

»Nein, bestimmt nicht, und das ist einer unserer Vorzüge. Ich denke, das werden Sie einsehen, sobald ich Ihnen von uns erzähle. Ich könnte in einer Viertelstunde in Ihrem Büro sein, sofern Sie nicht einen anderen Tag vereinbaren möchten.«

Grunzer schaute flüchtig auf seinen Kalender. »Okay,

Mr. Tucker. Die günstigste Zeit für mich wäre jetzt gleich.«

»Schön! Ich bin sofort bei Ihnen.«

Tucker kam prompt. Als er das Büro betrat, streifte Grunzers Blick bestürzt die aufreizende Aktentasche, die der Mann in der rechten Hand trug. Aber er fühlte sich wohler, als Tucker, ein blühend aussehender Mann Anfang sechzig mit feinen, angenehmen Gesichtszügen, zu sprechen begann.

»Nett von Ihnen, daß Sie sich die Zeit nehmen, Mr. Grunzer. Und glauben Sie mir, ich bin nicht hier, um Ihnen eine Versicherung oder Rasierklingen zu verkaufen. Das könnte ich nicht, selbst wenn ich es versuchte; ich bin Broker und schon halb im Ruhestand. Wie dem auch sei, das Thema, das ich mit Ihnen erörtern möchte, ist eher – vertraulich, deshalb muß ich Sie bitten, mir in einem gewissen Punkt entgegenzukommen. Darf ich die Tür schließen?«

»Gewiß«, antwortete Grunzer verdutzt.

Tucker schloß sie, zog seinen Stuhl näher heran und begann:

»Die Sache ist so. Was ich Ihnen zu sagen habe, erfordert äußerste Diskretion. Sollten Sie diese Diskretion nicht wahren, sollten Sie unsere Organisation in irgendeiner Weise an die Öffentlichkeit bringen, dann könnten die Folgen höchst unangenehm sein. Können wir uns darauf einigen?«

Grunzer nickte stirnrunzelnd.

»Schön!« Der Besucher klappte die Aktentasche auf und holte ein Bündel zusammengehefteter, beschriebener Blätter heraus. »Also, die Gesellschaft hat dieses Traktätchen über die Grundlagen unserer Philosophie ausgearbeitet, aber ich werde Sie nicht damit langweilen. Ich werde gleich zum Kern unserer Argumentation vordringen. Es könnte nämlich sein, daß Sie mit unserem Grundprinzip ganz und gar nicht einverstanden sind, und das würde ich jetzt gern wissen.«

»Was meinen Sie mit Grundprinzip?«

»Nun . . .« Tucker errötete sanft. »Äußerst drastisch ausgedrückt, Mr. Grunzer, glaubt die Gesellschaft für Vereintes Handeln, daß – *manche* Menschen einfach nicht verdienen zu leben.« Er hob schnell den Blick, als läge ihm viel daran, die unmittelbare Reaktion abzuschätzen. »So, nun hab' ich's ausgesprochen«, sagte er lachend und ein wenig erleichtert. »Einige unserer Mitglieder halten nicht viel von meiner direkten Methode; sie sind der Meinung, das Thema müßte diskreter angeschnitten werden. Aber offen gestanden, habe ich mit dieser eher drastischen Art ausgezeichnete Erfolge erzielt. Wie empfinden Sie das, was ich gesagt habe, Mr. Grunzer?«

»Ich weiß nicht. Ich habe wohl nie viel darüber nachgedacht.«

»Waren Sie im Krieg, Mr. Grunzer?«

»Ja, bei der Marine.« Grunzer rieb sich das Kinn. »Damals habe ich vermutlich gedacht, daß die Japaner es nicht verdienen zu leben. Ich schätze, es gibt wohl noch andere Beispiele. Ich meine, nehmen Sie etwa die Todesstrafe, da bin ich prinzipiell dafür. Mörder, Lustmolche, Perverse, bei *denen* bin ich verdammt noch mal bestimmt nicht der Meinung, daß sie es verdienen zu leben.«

»Ach«, sagte Tucker. »Demnach akzeptieren Sie eigentlich unser Grundprinzip. Es ist eine Frage der Kategorie, nicht wahr?«

»Das könnte man wohl sagen.«

»Gut. Dann frage ich Sie gleich noch etwas ganz unverblümt. Haben Sie – persönlich – jemals jemandem den Tod gewünscht? Oh, ich meine nicht diese flüchtigen Wünsche, die gelegentlich jeder einmal hat. Ich meine den echten, tiefempfundenen, simplen Wunsch nach dem Tod eines Menschen, von dem *Sie* dachten, er verdiene es nicht zu leben. Haben Sie den schon einmal gehabt?«

»Gewiß«, gestand Grunzer freimütig. »Ich glaube schon.«

»Gibt es Ihrer Meinung nach also Augenblicke, in denen es ratsam wäre, jemanden aus dieser Welt auszumerzen?«

Grunzer lächelte. »He, was soll das? Kommen Sie von einer Mord und Totschlag AG oder so?«

Tucker erwiderte das Lächeln. »Kaum, Mr. Grunzer, kaum. Unseren Zielen und Methoden haftet absolut kein krimineller Zug an. Ich gebe zu, wir sind ein ›Geheimbund‹, aber keine terroristische Vereinigung. Sie würden staunen, wenn Sie wüßten, welch angesehene Persönlichkeiten zu unseren Mitgliedern zählen; es sind sogar Angehörige des Juristenstandes darunter. Aber ich sollte Ihnen wohl erzählen, wie unsere Gesellschaft ins Leben gerufen wurde.

Es begann mit zwei Männern; ich kann ihre Namen jetzt nicht preisgeben. Das war im Jahr 1949; einer dieser beiden Männer war Jurist der Bezirksstaatsanwaltschaft, der andere Gerichtspsychiater. Die beiden waren mit einem ziemlich aufsehenerregenden Strafprozeß befaßt, in dem ein Mann eines abscheulichen Verbrechens an zwei kleinen Jungen angeklagt war. Ihrer Meinung nach bestand kein Zweifel daran, daß der Mann schuldig war, aber ein ungewöhnlich beredter Verteidiger und äußerst beeinflußbare Geschworene verhalfen ihm zur Freiheit. Als das empörende Urteil verkündet wurde, waren die beiden, die sowohl Freunde als auch Kollegen waren, wie vom Donner gerührt und sehr aufgebracht. Sie spürten, daß da ein großes Unrecht begangen worden war, und sie waren machtlos dagegen...

Aber ich sollte noch etwas zu diesem Psychiater sagen. Er hatte jahrelang auf einem Fachgebiet, das man anthropologische Psychiatrie nennen könnte, Studien betrieben. Eine seiner Forschungen beschäftigte sich mit dem Voodoo-Kult gewisser Volksstämme, insbesondere der Haitianer. Sie haben wahrscheinlich eine Menge über Voodoo gehört oder Obeah, wie es auf Jamaica genannt wird, doch ich werde mich nicht länger darüber auslassen, damit Sie nicht noch denken, wir halten Stammesriten ab und stechen Puppen mit Nadeln... Seine Studie befaßte sich hauptsächlich mit dem unheimlichen *Erfolg* gewisser sonderbarer Praktiken. Natürlich lehnte er als Wissenschaftler eine übersinnliche Erklärung dafür ab und suchte nach einer rationalen. Und selbstverständlich gab es da nur eine Antwort: Hatte der Voodoo-Priester die Bestrafung oder den Tod eines Übeltäters angeordnet, dann war der Übeltäter selbst von der Wirksamkeit dieses Todeswunsches überzeugt, und sein eigener Glaube an die Macht des Voodoo führte schließlich dazu, daß der Wunsch sich erfüllte. Bei manchen war es ein organischer Prozeß – der Körper reagierte psychosomatisch auf den Voodoo-Fluch, sie erkrankten wirklich und starben. Manche starben auch an einem ›Unfall‹ – an einem Unfall, der sich ereignete, weil sie insgeheim davon überzeugt waren, daß sie, wenn sie erst einmal verflucht waren, auch sterben *mußten*. Gespenstisch, nicht wahr?«

»Ja, zweifellos«, sagte Grunzer mit trockenen Lippen.

»Jedenfalls begann unser Freund, der Psychiater, sich laut zu fragen, ob wir wohl alle auf dem Pfad der Zivilisation schon so weit vorangeschritten seien, daß wir für diese Art ›suggestiver‹ Strafe nicht mehr anfällig sind. Aus reiner Neugier schlug er vor, auf diesem speziellen Gebiet einen Versuch zu wagen.

Wie sie das machten, war simpel«, erzählte er weiter. »Sie suchten diesen Mann auf und kündigten ihre Absicht an. Sie sagten ihm, daß sie ihm den Tod wünschten. Sie erklärten ihm, wie und warum der Wunsch sich verwirklichen würde, und während er noch über ihr Ansinnen lachte, konnten sie sehen, wie ein Anflug von abergläubischer Furcht über seine Züge huschte. Sie gelobten, daß sie regelmäßig, Tag für Tag, seinen Tod herbeiwünschen würden, bis er den geheimnisvollen Moloch, der ihren Wunsch erfüllen würde, nicht mehr länger abwehren könnte.«

Grunzer schauderte plötzlich und ballte eine Faust. »Das ist ziemlich albern«, sagte er sanft.

»Der Mann starb zwei Monate später an einem Herzanfall.«

»Klar. Ich wußte, daß Sie das sagen würden. Aber es gibt so etwas wie Zufall.«

»Natürlich. Und unsere Freunde gaben sich denn auch, wenngleich sie sehr beeindruckt waren, nicht damit zufrieden. *Deshalb probierten sie es noch einmal.*«

»Noch einmal?«

»Ja, noch einmal. Ich will nicht im einzelnen berichten, wer das Opfer war, aber ich kann Ihnen verraten, daß sie in diesem Fall vier Gleichgesinnte hinzuzogen. Diese kleine Gruppe von Pionieren war der Kern der Gesellschaft, die ich heute vertrete.«

Grunzer schüttelte den Kopf. »Und Sie wollen mir einreden, es seien jetzt an die *tausend*?«

»Ja, an die tausend und mehr, im ganzen Land. Eine Gesellschaft, deren einzige Funktion darin besteht, *Menschen den Tod zu wünschen.* Anfangs war die Mitgliedschaft vollkommen freiwillig, aber mittlerweile haben wir ein System. Neue Mitglieder können in die Gesellschaft für Vereintes Handeln nur dann aufgenommen werden, wenn sie mindestens ein potentielles Opfer vorschlagen. Selbstverständlich stellt die Gesellschaft Nachforschungen an, um zu entscheiden, ob das Schicksal, das dem Opfer bevorsteht, auch gerechtfertigt ist. Trifft das zu, dann beginnen *sämtliche* Mitglieder damit, ihm den *Tod zu wünschen.* Ist die Arbeit erst einmal vollbracht, muß das neue Mitglied natürlich an allen künftigen gemeinsamen Aktionen teilnehmen. Das ist, zusammen mit einem bescheidenen Jahresbeitrag, der Preis für eine Mitgliedschaft.«

Carl Tucker lächelte.

»Und für den Fall, daß Sie denken sollten, ich scherze, Mr. Grunzer...« Er griff wieder in die Aktentasche und holte diesmal einen blau gebundenen Wälzer von der Stärke eines Telefonbuchs heraus. »Hier sind die Beweise. Bis zum heutigen Tag hat unsere Auswahlkommission zweihundertneunundzwanzig Opfer anerkannt. Von denen sind *einhundertundvier* nicht mehr am Leben. Zufall, Mr. Grunzer?

Was die restlichen einhundertfünfundzwanzig betrifft – nun, die sind vielleicht ein Indiz dafür, daß unsere Methode nicht unfehlbar ist. Wir sind die ersten, die das zugeben. Aber es werden ständig neue Techniken entwikkelt. Ich versichere Ihnen, Mr. Grunzer, *die kriegen wir alle noch.*«

Flink blätterte er das blau gebundene Buch durch.

»Unsere Mitglieder sind in diesem Buch aufgeführt, Mr. Grunzer. Ich überlasse es Ihnen, ob Sie einen, zehn oder hundert von ihnen anrufen wollen. Rufen Sie sie an und überzeugen Sie sich selbst davon, ob ich Ihnen die Wahrheit sage.«

Er schmetterte den Wälzer auf Grunzers Tisch, wo er mit dumpfem Schlag auf der Schreibunterlage landete. Grunzer hob ihn hoch.

»Nun?« fragte Tucker. »Wollen Sie anrufen?«

»Nein.« Er fuhr sich mit der Zunge über die Lippen. »Ich bin bereit, mich auf Ihr Wort zu verlassen, Mr. Tukker. Es klingt zwar unglaublich, aber ich kann mir vorstellen, wie es funktioniert. Allein zu *wissen*, daß einem tausend Menschen den Tod wünschen, das reicht schon, einen fix und fertig zu machen.« Er kniff die Augen zusammen. »Aber ich habe noch eine Frage. Sie sprachen von einem ›bescheidenen‹ Mitgliedsbeitrag...«

»Er beträgt fünfzig Dollar, Mr. Grunzer.«

»Fünfzig, hmh! Fünfzig mal tausend, das ist eine Menge Geld, nicht wahr?«

»Ich versichere Ihnen, die Organisation ist nicht auf Gewinn aus. Nicht in der Weise, wie Sie meinen. Die Beiträge decken nur die Ausgaben, die Arbeit im Ausschuß, Forschung und derlei Dinge. Das können Sie doch sicher verstehen?«

»Ich glaube schon«, brummte er.

»Dann finden Sie es also interessant?«

Grunzer schwang sich auf seinem Stuhl herum und schaute aus dem Fenster.

»O Gott!« dachte er.

»O Gott, wenn es *wirklich* funktionierte!«

Aber wie sollte es? Wenn Wünsche wahr würden, dann hätte er in seinem Leben schon Dutzende abgeschlachtet. Freilich ließ sich das nicht miteinander vergleichen. Seine Wünsche waren stets geheim und in seinem tiefsten Inneren verborgen gewesen. Diese Methode war anders, wirksamer, beängstigender. Ja, er sah förmlich, wie sie funktionieren könnte. Er war imstande, sich vorzustellen, wie in tausend Köpfen ein einziger Todeswunsch loderte, wie das Opfer anfangs ungläubig spottete und dann langsam, ganz allmählich, unausweichlich den sich enger und enger zusammenziehenden Fesseln der Furcht erlag, daß es vielleicht doch funktionieren *könnte*, daß so viele tödliche Gedanken wirklich einen geheimnisvollen, verderblichen Strahl aussenden mochten, der Leben zerstörte.

Plötzlich sah er, wie einen Geist, Whitman Hayes' rosiges Gesicht vor sich.

Er fuhr herum und fragte:

»Aber das Opfer muß natürlich all das *wissen*, oder? Es muß wissen, daß es diese Gesellschaft gibt, daß sie schon erfolgreich war und daß sie nun *seinen* Tod herbeiwünscht? Das ist doch erforderlich, nicht wahr?«

»Absolut erforderlich«, sagte Tucker, während er seine Schriften wieder in die Aktentasche steckte. »Sie haben den entscheidenden Punkt angesprochen, Mr. Grunzer. Das Opfer muß informiert werden, und genau das habe ich soeben getan.« Er schaute auf die Uhr. »Der Wunsch nach Ihrem Tod ist heute mittag angelaufen. Die Gesellschaft hat ihre Arbeit aufgenommen. Es tut mir sehr leid.«

An der Tür wandte er sich noch einmal um und schwenkte zum Abschied grüßend Hut und Aktentasche.

»Auf Wiedersehen, Mr. Grunzer!«